Alexandra Krebs

Meine Liebe ist tödlich

- Das Buch -

Liebesbriefe und Pralinen, was wünscht sich eine Frau mehr? Für Claire hingegen beginnt mit diesen Geschenken ein Albtraum. Immer mehr grauenvolle Ereignisse häufen sich in ihrem Umfeld. Hat ihr Stalker etwas damit zu tun, wer ist dieser Mann?

Liebste Claire, ich liebe dich und werde dich immer beschützen, vor allem und jedem.

- Die Autorin -

Alexandra Krebs geboren 1975 in Hamburg, hat ihr Interesse an Mord und Kriminalität früh entdeckt. Doch anstatt selber zu morden, entschied sie andere für sich morden zu lassen. Also begann sie Krimis zu schreiben. Welche Stadt eignet sich da besser, als Hamburg? Keine dachte sie und so entstand die Thomas Eickhoff Reihe. Heute halten Sie ihren ersten Thriller in der Hand.

Alexandra Krebs

Meine Liebe ist tödlich

*Bibliografische Information der Deutschen Nationalbibliothek:
Die Deutsche Nationalbibliothek verzeichnet diese Publikation in der Deutschen Nationalbibliografie; detaillierte bibliografische Daten sind im Internet über http://dnb.dnb.de abrufbar.*

*TWENTYSIX – Der Self-Publishing-Verlag
Eine Kooperation zwischen der Verlagsgruppe Random House und BoD – Books on Demand*

*© 2019 Alexandra Krebs
Herstellung und Verlag:
BoD – Books on Demand, Norderstedt*

ISBN: 9783740752958

Illustration: **Jasmin Braun**
Korrektorat: **Marita Pfaff MP-Korrektorat**

Mord ist manchmal wie ein Blumenstrauß. Ein nicht erwünschtes Geschenk.

Alexandra Krebs 2019

Inhaltsverzeichnis

1. Kapitel...9
2. Kapitel...22
3. Kapitel...37
4. Kapitel...44
5. Kapitel...51
6. Kapitel...61
7. Kapitel...71
8. Kapitel...75
9. Kapitel...92
10. Kapitel...96
11. Kapitel...106
12. Kapitel...115
13. Kapitel...120
14. Kapitel...127
15. Kapitel...135
16. Kapitel...140
17. Kapitel...147
18. Kapitel...159
19. Kapitel...171
20. Kapitel...174
21. Kapitel...181
22. Kapitel...184
23. Kapitel...190
24. Kapitel...195
25. Kapitel...209
26. Kapitel...216
 2 Jahre später...221
Mehr von der Autorin:...228
  Vorschau auf die neuen Bücher.......................229

1. Kapitel

Welch ungewöhnliche Ruhe. Mein Blick wandert auf meine Armbanduhr, es ist neun Uhr durch. Wo sind denn nur alle?

In mir steigt eine Unruhe auf. Seitdem ich hier in dieser Firma arbeite, kam es noch nie vor, dass ich die Erste im Büro war.

Morgens, wenn ich den Raum betrete, sitzen hier zwanzig junge Menschen mit Headsets auf dem Kopf und ein Stimmengewirr, welches mich oft an einen Bienenschwarm erinnert, schallt mir entgegen. Ich liebe diesen Krach, auch wenn ich nie zuvor gedacht hätte, mich jemals damit anzufreunden.

Vielleicht habe ich ja den Tag verwechselt? Aber auch hier sagt meine Armbanduhr ganz eindeutig, es ist ein Freitag. Als ich auf das Datum sehe, läuft mir ein kalter Schauer über meinen Rücken. Ist das vielleicht die Antwort? Kann es wirklich sein? Ich dachte immer, ich sei nicht abergläubisch, doch bei einem Freitag, also einem Freitag, den 13., mache ich eine Ausnahme. Gibt es wirklich Paranormales? Immer wieder blicke ich mich um, während ich das große Gemeinschaftsbüro durchquere, um in mein

Arbeitszimmer zu gelangen

Es ist nur durch eine Glasfront vom Hauptraum abgetrennt, der Chef hat mich extra so positioniert, damit ich alles überblicken kann. Vielleicht sind sie ja unter ihren Tischen und wollen mich veräppeln? Ich blicke unter die Tische, doch niemand ist da. Es hätte mich auch ein wenig gewundert, denn wieso sollten sie so etwas tun? Sie haben nie etwas in dieser Richtung angedeutet. Wenn der Chef rausbekommt, dass ich hier keinen Mitarbeiter habe, dann kann ich meine Sachen packen und gehen. Bevor ich ihn anrufe, muss ich mich absichern und blicke auf den Kalender an der Wand. Auf ihn schreibe ich alle Termine, die für mich oder das Team anstehen, mit Sicherheit habe ich etwas vergessen.

Seit dem Tod meines Vaters habe ich einige Termine verdusselt, es fühlte sich an, als hätte ich ein schwarzes Loch in meinem Kopf. Nur bei wichtigen Gelegenheiten hat mich meine Freundin, Natalia, erinnert. Ich war mir eigentlich sicher, dass die Vergesslichkeit vorbei war. Wobei? Wenn ich so in den Raum sehe, das Ganze muss doch einen Grund haben. Keiner von den Kollegen hatte mehr als normal über die Arbeit gemeckert. Wieso sollten sie kollektiv wegbleiben? Immer wieder blicke ich auf das heutige Datum, da steht nichts, außer dass heute Freitag, der 13. ist.

Ich muss mich ablenken, vielleicht klärt es sich ja innerhalb der nächsten Minuten auf. Ich gebe den Kollegen noch eine halbe Stunde, dann werde ich anfangen, ihnen hinterher zu telefonieren. Ich höre schon die Stimme meines Vorgesetzten im Ohr. Er wird mir einen stundenlangen Vortrag halten. *„Frau Pekut, sie sind zu weich. Sie müssen härter sein, um als Vorgesetzte akzeptiert zu werden.* Vielleicht hat er ja recht. Ich mag aber lieber einen leicht distanzierten und dennoch freundlichen Umgang mit den Kollegen. Und außerdem quillt mein Schreibtisch mit Belegen, Zetteln und Verkaufsreporten über. Ich muss Rechnungen schreiben und begleichen. Hätte ich vor der Arbeitsaufnahme gewusst, dass der Chef die Buchhaltung abschafft und ich das übernehmen soll, ich hätte nie den Job angenommen. Was mich hier hält? Ja, das werde ich oft gefragt. Ich weiß es mittlerweile selbst nicht mehr. Die Bezahlung definitiv nicht.

Mein Blick wandert über den Tisch, und ich habe mich nicht getäuscht. Die Stapel sind noch mal gewachsen, seit ich gestern das Büro verlassen habe. Einige der Callcenteragenten verlassen nach mir das Büro und legen dann ihre Berichte achtlos auf meinem Schreibtisch ab. Wieso Herr Starke, der sonst so ein geiziger Chef ist, nicht will, dass wir das per Intranet machen, verstehe ich bis heute nicht.

Für ihn muss alles in Papierform vorliegen. Außer bei E-Mails, da macht er eine Ausnahme. Mein Blick lässt mich stoppen. Was ist das für ein seltsamer Umschlag auf dem zweiten Stapel? Ein dunkelblaues Kuvert, auf dem mit silberner klarer Schrift mein Name steht.

An Claire Pekut

Vielleicht ja die Antwort auf meine Frage. Vermutlich haben die Kollegen sich wegen Freitag, den 13. einen Scherz erlaubt.

Während ich den Umschlag öffne, steigt mir ein schwerer Moschusduft in die Nase. Sofort bekomme ich Kopfschmerzen, ich hasse den Duft, aber kann gar nicht sagen, wieso es so ist. Keiner meiner Kollegen oder Vorgesetzten nutzt so ein starkes Parfüm. Das wüsste ich.

Liebste Claire,

du weißt zwar nicht, wer ich bin, doch ich kenne dich genau. Deine schönen braunen Augen sind ein wundervoller Kontrast zu deinen blonden Haaren.

Ich liebe es, wie du versuchst, deine Haare zu bändigen. Aber genau wie du sind sie wild und streben nach Freiheit. Immer, wenn ich an dir vorbei gehe, unterdrücke ich mein Bedürfnis, dich und deine herrliche Mähne anzufassen.

Aber der Tag wird kommen und dann wirst du ganz mein sein.

In ewiger Treue

Sprachlos starre ich den Zettel in meiner Hand an. Wer kann mir das geschickt haben?

„Hey, Claire, bist du aus dem Bett gefallen?"

Erschrocken blicke ich auf. Thomas, der Praktikant, der immer vor allen anderen im Büro ist, steht in meinem Türrahmen.

„Ach, du bist es." Lächelnd schaue ich ihn an. Dann werde ich stutzig.

„Wie meinst du das? Es ist laut meiner Uhr schon halb zehn und wo sind die anderen?"

Genau in dem Moment, indem ich das sage,

geht die Tür auf. Michel und Frank kommen herein. Es sind die beiden größten Schnattertanten im Team. Lachend hauen sie sich auf die Schultern. Einer von ihnen hat mit Sicherheit den größten Witz aller Zeiten erzählt. Davon gehen sie sehr oft aus. Andere können weniger über ihre Späße lachen. Aber sie heitern das Team dennoch oft auf.

„Claire, es ist gerade eben kurz vor acht und unsere Arbeitszeit beginnt erst in einigen Minuten. Du wirst doch jetzt nicht zu einer weiblichen Form vom Starke." Thomas muss über seinen eigenen Gag lachen. Herr Starke ist unser Chef und sein Lieblingssatz lautet: *„Jeder sollte fünf Minuten vorher seinen Abschluss machen, denn dann hat man fünf Minuten länger Zeit einen neuen zu machen!"* Wenn er diesen Satz bringt, schaut er sich immer Beifall heischend um. Doch keiner kann darüber lachen, noch irgendeinen Sinn darin sehen. Da wir aber wissen wie cholerisch er werden kann, nicken wir ihm zustimmend zu.

Wieder schaue ich auf meine Uhr, sie zeigt mir, dass es mittlerweile schon halb zehn durch ist. Aber ich will es genau wissen und fische mein Handy aus meiner Handtasche. Verdammter Mist, wie kann das passieren? Mein Handy zeigt mir 7.45 Uhr an.

Wie können Armbanduhr und Wecker gleich falsch gehen? Aber es hat auch etwas Gutes. Ich habe wenigstens nicht verschlafen. Denn wenn etwas so sicher wie das Amen in der Kirche ist, dann dass der Starke mir das übelgenommen hätte. Ich darf mir keinen Fehler mehr leisten. Es waren zu viele seit dem Tod meines Vaters. Doch dafür hatte mein Chef kein Verständnis.

Langsam füllt sich das Büro und alle rufen fröhlich durcheinander. Einige beginnen die Wochenendplanung zu erstellen. Doch wenn ich richtig höre, sind die meisten erstaunt, dass ich schon da bin. Meine Befürchtung ist, dass einige dahinter etwas Größeres Vermuten. Ich kann ja schlecht sagen, dass ich einfach zu dumm bin, meine Uhren richtig zu stellen.

Aber meine Gedanken schweifen immer öfters ab. Wer kann der Verfasser meines Briefes sein? Einer aus dem Team? Ich fixiere jeden Einzelnen. Michel? Nein, er und Frank sind schon so lange ein Paar. Ich vermute mal, dass er nicht einmal wüsste, welche Augenfarbe ich habe und meine Haarmähne? Das ist kein typisches Wort für ihn. Thomas, der Praktikant? Ich könnte mit achtunddreißig Jahren schon fast seine Mutter sein.

Wenn er an Frauen denkt, dann wohl an eher welche in seinem Alter. Keiner, der da ist, würde aus meiner Sicht dazu passen.

Ich muss aufhören darüber zu grübeln. Damit wird der Arbeitsberg nicht kleiner.

„Frau Pekut …"

Die donnernde Stimme von Herrn Starke schallt durch das ganze Büro. Die Glasscheibe wackelt und ich bin nicht zum ersten Mal glücklich darüber, dass sie sehr stabil eingebaut wurde. Alle blicken auf und ich erkenne, wie mich die Kollegen bemitleiden. Es ist verdammt selten, dass der Chef sich sehen lässt. Wenn die Verkaufszahlen gut sind, ist es selbstverständlich. Sind sie aber schlecht, sendet er mir eine E-Mail, in der er mir mitteilt, wer gekündigt werden muss. Wenn er also im Haus ist und mich auch noch sehen will, kann es nur das Schlimmste bedeuten.

… Meine Kündigung. …

Tief einatmend gehe ich in Richtung seines Büros. Jeder Schritt hallt in meinen Ohren wieder. Vor seiner Tür atme ich noch einmal tief durch und versuche, das Zittern meiner Hände unter Kontrolle zu bekommen. Ich will nicht, dass er meine Angst erkennt und ich mich noch verletzlicher damit mache.

„Reinkommen." Noch ehe ich an die Tür geklopft habe, brüllt er sein Kommando. Ich hatte schon oft gedacht, dass er überall Kameras aufgestellt hat und uns immer beobachtet. Wenn seine Tür ein Fenster hätte, würde ich es ja verstehen. Aber woher sonst sollte er wissen, dass ich schon da bin?

„Herr Starke, was kann ich für Sie tun?" Obwohl ich Angst vor dem habe, was nun kommt, versuche ich Selbstsicherheit auszustrahlen. Für irgendetwas muss ja meine Modelzeit gut gewesen sein,

„Setzen Sie sich." Mit einer Hand deutet er auf den Stuhl vor seinem großen Schreibtisch mit einer schweren Marmorplatte. Auch wenn es überhaupt nicht freundlich klingt, beruhigt es mich. Falls er mich rauswerfen wollte, würde er nicht darum bitten, mich hinzusetzen. Ich habe einmal mitbekommen, wie er jemanden entlassen hat. Damals durfte derjenige nicht einmal die Tür schließen, da hatte er das Schreiben schon in der Hand. Aber wenn er mich nicht kündigen will, was habe ich dann verbrochen? Kann ich es vielleicht noch richten?

„Haben Sie meine E-Mail am Mittwoch nicht

bekommen?" Wild fuchtelnd deutet er auf seinen Monitor, fast so, als sollte ich darauf sehen. Doch ich weiß, dass es nichts bringen wird.

Wenn ich nur wüsste, von welcher er spricht. Er schickt bis zu zwanzig Stück an einem Tag. Oft Unnützes, doch wenn er so drauf ist, dann muss es sehr wichtig gewesen sein, vermutlich aber nur aus seiner Sicht.

„Ich meine die mit den Quartalszahlen." Augenrollend schaut er mich an. Sofort fällt bei mir auch wieder der Groschen. Dass die ihm besonders wichtig ist, hätte mir klar sein müssen. Immerhin hatte er im Betreff gefühlt hundert Ausrufezeichen gesetzt. Vor Monaten hätte ich diese E-Mail auch mit oberster Priorität behandelt. Doch er nutzte diese Ausrufezeichen fast so gerne wie Jugendliche in WhatsApp oder Facebook. Ich bin da mittlerweile so abgestumpft. Seitdem er die Buchhaltung abgeschafft hat und mir diese Aufgabe noch zusätzlich aufs Auge gedrückt hat, komme ich nicht mehr hinterher. Ich versuche einfach, alles chronologisch abzuarbeiten.

„Wir haben zwei Prozent weniger Umsatz im letzten Quartal gemacht, ich wollte, dass Sie mir eine Lösung nennen."

Seine Stimme überschlägt sich buchstäblich. Er hat schon im ruhigen Zustand eine hohe Stimme, wenn er aber wie jetzt aufgeregt ist, dann ist sie regelrecht schmerzhaft in den Ohren.

„Herr Starke, ja, die E-Mail habe ich erhalten." Ehe ich weitersprechen kann, unterbricht er mich sofort wieder.

„Wo ist dann Ihre Antwort?" Wenn ich ihm sage, dass ich noch nicht dazu gekommen bin, mir die Zahlen genauer anzusehen, kann ich gleich meinen Hut nehmen. Doch gerade habe ich noch eine Chance, ich muss ihn nur einwickeln und mir eine verdammt gute Ausrede einfallen lassen.

„Wissen Sie Herr Starke, es ist eine komplexe Konstellation und es sind viele Variablen, die man da in Betracht ziehen muss." Jeder vernünftige Mensch erkennt sofort, dass ich eine Nullaussage treffe. Aber der Mann ist so in sich gefangen und selbstverliebt, dass ich ihn mit meinen völlig unzusammenhängenden Fremdwörtern einlullen kann. Er hat die Firma vor einigen Jahren von seinem Vater übernommen. Wenn man den langjährigen Mitarbeitern glauben darf, war dieser ein sehr gütiger Chef. Der Sohn ist das komplette Gegenteil. Und dazu noch ist Starke Junior ein ungebildeter Mensch, einer, den man immer wieder beeindrucken kann.

„Sie haben recht, Frau Pekut, nun sagen Sie mir doch, wie Sie es verbessern wollen." Er lehnt sich in seinem teuren Ledersessel zurück und winkt mit seiner Hand in kleinen Kreisen. Vermutlich will er, dass ich schneller spreche, doch nun war meine Stunde gekommen. Denn wenn er neben Fremdwörtern noch etwas liebte, war es, wenn ich ihm Honig um den Mund schmiere, ihm schmeichele und ihn als Chef in die Höhe hebe. Vermutlich der einzige Grund, wieso ich noch nicht rausgeflogen bin. Dass ich darin gut bin, habe ich meinem Leben als Model zu verdanken.

„Herr Starke, meine Antworten zu dem Problem waren mir noch zu oberflächlich und ich möchte Ihnen doch nicht Ihre kostbare Zeit mit Unzulänglichkeiten rauben.". Damit hatte ich alles gesagt. Sofort beginnt er leicht dümmlich zu lächeln und nimmt einen Schluck aus dem Whiskyglas auf seinem Tisch. Wenn es der Firma angeblich so schlecht gehen soll, wundert es mich, dass er schon morgens um zehn sich den teuersten Single Malt leisten kann.

„Ja, Sie haben recht, meine Zeit ist wirklich sehr

rar. Ich will Ihre Antwort nächste Woche auf dem Tisch. Und zwar am Montag spätestens um neun Uhr, dass Sie mich verstehen."

Ohne ein weiteres Wort erhebt er sich und ich weiß, ich bin erst einmal gerettet.

2. Kapitel

Was für ein Horrortag. Wenn der Starke dachte, es würde leichter sein, seine verdammten Quartalszahlen zu lesen, wenn er mir noch zusätzlich fünfundzwanzig E-Mails sendet, dann hat er weit gefehlt. Am Nachmittag fiel die verdammte Telefonanlage aus und über eine Stunde konnten die Callcenteragenten nicht telefonieren und folglich konnten in dieser Zeit keine Verträge über das Telefon abgeschlossen werden. Für mich bedeutete es wiederum, dass der Chef mich neben den E-Mails auch an die hundert Mal in der Stunde auf meinem privaten Handy angerufen hatte. Wie er das geschafft hat, weiß ich bis jetzt nicht. Meine Ohren sind kochend heiß und meine Kündigung habe ich im Geiste auch schon viermal geschrieben. Der Einzige, der mich heute aufmuntern konnte, war Frank. Er ist ein herzensguter Mensch. Seit neun Jahren im Betrieb ist er die gute Seele des Vereins. Er und Michel sind das Paar des Betriebes. Die beiden sind total vernarrt ineinander und ihnen ist es immens wichtig, dass es allen gut geht. Dafür leben beide und würden auch alles dafür tun. Frank hat mich über den ganzen Tag mit gefühlt hundert Litern Kaffee versorgt. Als die Kopfschmerzen einsetzten, die ich oft bekomme, war er der Erste, der es bemerkte und mir eine Aspirin brachte. Alleine dafür hätte ich ihn küssen können.

Ich blicke auf die Uhr. Verdammt, wenn die nicht wieder falsch geht, bin ich viel zu spät dran. Heute ist der Abend, auf den ich mich seit Wochen freue. Natalia ist in der Stadt und ich will mich mit meiner liebsten und ältesten Freundin treffen.

Während ich alles in die Schränke zurücklege und den PC herunterfahre, fällt mir der Brief von meinem heimlichen Verehrer in die Hand. Den ganzen Tag hatte ich keine Sekunde Zeit darüber nachzudenken, wer es sein könnte.

Aber Natalia wird mir mit Sicherheit beim Herausfinden des Schreibers helfen können. Im Affentempo renne ich von der Alten Holstenstraße zur Vierlandenstraße, wo ich im *Schweinske* mit ihr verabredet bin.

„Ahhh, Schatzilein. Da bist du ja." Natalias harter russischer Akzent schallt durch das ganze Restaurant. Während ich mich am liebsten in eine Ecke verzogen hätte, um in Ruhe mit ihr zu reden, hat sich Natalia direkt an den Tresen gesetzt. So muss jeder, der rein oder raus möchte, an uns vorbei. Natalia sagt sich bestimmt, wenn wir schon in so eine einfache Gaststätte gehen müssen, dann muss sie wenigstens im Mittelpunkt stehen. Sie geht sonst nur in In-Clubs, in denen die Devise lautet: Sehen und gesehen werden. Sie kann es nicht nachvollziehen, dass ich meine Modelkarriere auf ihrem Höhepunkt einfach an den Nagel gehängt hatte, um zu studieren und nun in einem unterbezahlten Job mit einem Chef, den man auch Choleriker nennen kann, aufzugehen.

Jeder Modedesigner der Welt wollte mich haben, die meisten konnten meiner Agentur nicht das Geld zahlen, was sie verlangte, so dass ich wirklich nur für die Crème de la Crème lief. Die teuersten Autos und die besten Penthouses der Welt konnte ich mir leisten. Aber am Ende des Ganzen fiel es mir so leicht, all das aufzugeben. Wie oft war ich eingeschränkt in dem Leben eines Models. Endlich essen wann und was ich wollte. Na ja, wenn die Zeit es mir zuließ. Wenn ich Lust habe, kann ich immer noch den ein oder anderen kleinen Auftrag annehmen. Aber ohne jemanden, der die Kleinen aussiebt, und so kann ich auch meine Bedingungen stellen. Natalia ist immer noch im

Business. Nicht so erfolgreich wie ich, obwohl sie auch wunderschön ist. Aber dunkle Haare in der Kombination mit braunen Augen sind nicht so gerne gesehen wie meine blonden Haare, die schon fast weiß sind, mit den braunen Augen. Wenn ich ihr Glauben schenken darf, dann ist ihr Oberkörper auch angeblich zu klein. Dafür hat sie aber endlos lange Beine, das fehlt mir.

„Natalia, wollen wir wirklich hier auf dem Präsentierteller sitzen bleiben?" Mit einem schnellen Kuss links und rechts auf die Wangen begrüße ich meine beste Freundin.

„Wenn wir uns schon hier treffen müssen," mit diesen Worten hebt sie abfällig eine Augenbraue, „dann möchte ich, dass man uns auch sieht." Dabei schaut sie mich von oben bis unten an. Ihre Augenbraue, die immer nach oben geht, wenn ihr etwas missfällt, hat langsam die Gestalt des Mount Everest angenommen.

„Claire, meine Süße, bist du dir sicher, dass bei dir alles okay ist?" Sie stockt kurz und ich weiß genau, was jetzt kommt. Sie hasst es, mich nicht mehr in teuren Markenfummeln auf der Straße herumrennen zu sehen.

„Schau dich mal an, so ärmlich. Ist das vom

Discounter?" Ihre Stimme trieft nur so vor Abfälligkeit. Es ist ihr größtes Manko, und wenn ich nicht die andere Seite von Natalia kennen würde, ich hätte sie nie als Freundin akzeptiert. Aber Natalia kommt aus der Ukraine. Ihre Eltern waren so arm, dass sie teilweise nicht einmal mehr wussten, was sie am nächsten Tag essen sollten. Deshalb ist sie in Kiew auf der Straße gewesen und hatte geklaut. Eines Tages wurde sie von Mikael angesprochen, einem jungen Scout einer berühmten Modelagentur. Während sie ihm das Portmonee aus der Tasche zog, hatte er nur Augen für ihre Schönheit. Bis heute konnte er ihr das nicht verzeihen, nahm Natalia aber dennoch unter Vertrag. Jetzt kann sie das ganze Dorf in der Ukraine versorgen und spendet an Waisenhäuser. Ich kenne kein Model, welches so gutherzig ist wie meine Freundin. Auch wenn sie diese kleine Schwäche immer hinter ihrer Hochnäsigkeit versucht zu verstecken, kenne ich sie mittlerweile zu gut.

„Natalia, ich muss dir was zeigen und erzählen. Komm schon, lass uns da hinsetzen." Mit meiner rechten Hand zeige ich auf einen Tisch für zwei an einem der Fenster, das den Blick nach draußen ermöglicht, aber auch ein wenig Schutz vor den anderen bietet. So sind wir ein etwas ungestört.

„Oh, Darling, da bin ich jetzt aber neugierig." Natalias Lächeln zeigt mir, dass sie sich wirklich freut. Das erinnert ein wenig an die alten Zeiten, als wir immer nach einer Modenshow gemeinsam im Hotel saßen und uns wie Schulmädchen über die Fotografen oder Designer unterhielten.

Schnell ist vom Brief erzählt und nachdem Natalia ausgiebig den Duft des Parfüms eingeatmet hat, beginnt sie auch sofort mir ihrer Analyse.

„Das muss ein wirklicher Mann sein. Bestimmt groß, ich denke: dunkles Haar und muskulös." Nun muss ich laut auflachen, denn was ich höre, ist genau die Beschreibung eines Traummannes. Nein, nicht meines, sondern den von Natalia. Sie hatte noch mehr Männerbekanntschaften in den letzten Jahren als ich, und ich fand mich schon sehr wechselhaft in meinen Beziehungen.

„Natalia, ich befürchte, ich muss dich enttäuschen. Denn so einen Mann haben wir in unserer Firma nicht. Die meisten sind übergewichtig oder so dürr, dass du auf deren Rippen Blockflöte spielen kannst." Bei meiner Beschreibung muss Natalia so laut auflachen, dass die beiden Männer, die sich gerade an den Nebentisch gesetzt hatten, uns anschauen. Der eine würde sogar Natalias Beschreibung sehr nahe kommen. Aber der andere, der zieht meinen Blick auf sich. Groß, blonde Haare, ein gekonnt gestutzter Vollbart. Das liebe ich an Männern. Er hat gepflegte Fingernägel, etwas was man nicht immer sieht. Seine Lippen sind so sinnlich. Doch ich bin nicht hier, um einen Mann kennenzulernen, sondern um mit Natalia über meinen heimlichen Verehrer zu reden.

„Ahhh, meine Hübsche, du hast überhaupt keine Ahnung? Ich meine, es muss dir doch aufgefallen sein, wenn ein Mann dich so anbetet. Er muss es doch immer unterbinden, dir nicht durch deine Haare zu streichen."

„Etwas, was ich sehr gut nachvollziehen kann." Der blonde Hüne vom Nebentisch hat sich zu uns gedreht und schaut mich mit seinen grünlich blauen Augen an. Ich habe noch nie solche schönen Augen gesehen. Verlegen blicke ich auf den Boden.

„Ohhh, Sie sind ein Schelm, einfach unsere Gespräche zu belauschen." Die Worte von Natalia hören sich vielleicht schamhaft an, aber sie schenkt dem Mann mit einem verführerischen

Augenaufschlag. Ihre Finger gleiten wie unbewusst über ihre Lippen. Doch er scheint sie überhaupt nicht wahrzunehmen. Er schaut mir direkt ins Gesicht und lächelt mich neckisch an. Wie oft in meinem Leben musste ich schon solche Blicke ertragen? Wird das nie enden?

„Ich glaube kaum, dass es angebracht ist, sich in die Gespräche anderer einzumischen." Meine Stimme hört sich härter an, als ich eigentlich wollte. Aber es ist die Macht der Gewohnheit, so zu reagieren.

„Hast du dir die beiden mal angesehen?" Auch wenn Natalia versucht, leise zu sprechen, dass nur ich es vernehmen kann, ist ihre Stimme immer noch gut zu hören. Sie scheint es zu genießen, denn alle schauen sie an. Auch unsere beiden Nachbarn. Ich für meinen Teil wäre am liebsten im Boden versunken.

Wäre Natalia nicht schon peinlich genug gewesen, höre ich eine leise Stimme hinter mir.

„Vielleicht dürfte ich ja doch einmal durch Ihr Haar streichen, ich wäre auch vorsichtig." Ruckartig drehe ich mich um und haue mit meinem Kopf gegen den Kopf des blonden Mannes.

„Hoppla, na so stürmisch? Ich wollte es

eigentlich langsam angehen." Dumpf kann ich seine Stimme hinter der Hand hören. Ich bin mit voller Wucht gegen seine Nase geprallt. „Entschuldigung, das wollte ich wirklich nicht." Was habe ich da nur getan? Der muss Schmerzen haben, denn sein Gesicht ist blass geworden. Doch es sollte noch schlimmer kommen. Als der Mann die Hand von der Nase nimmt, sehe ich, wie das Blut aus ihr herausläuft. Verdammter Mist, ich habe ihm die Nase gebrochen.

„Sie müssen ins Krankenhaus, Ihre Nase ist gebrochen." Von ihm kommt nur ein halbherziges Schulterzucken.

„Mein Freund ist das gewohnt, dass er von Frauen zusammengeschlagen wird."

Der Kumpel meines vermeintlichen Opfers ist auch keine Hilfe, der scheint sich so gut zu amüsieren, dass er genüsslich an seinem Longdrink nippt und immer wieder Natalia anschaut. Na gut, flirten kann er also. Nur hilft er doch damit nicht seinem Freund und sollte das nicht die oberste Priorität haben?

„Ich bringe Sie in ein Krankenhaus." Ohne auf seine Widerworte zu achten, ziehe ich ihm am Arm.

„Mensch, Johann, so bist du aber auch noch nie

abgeschleppt worden." Nun ist es um Natalia und dem anderen Mann geschehen. Natalia und er setzen sich zusammen an einen Tisch, während ich dem Fremden eine Jacke über die Schulter lege. Beide nebeneinander, damit sie ja nichts verpassen. Johann, oder wie er heißt, ziert sich gegen die Jacke, doch es hat angefangen zu regnen und ich möchte nicht, dass er sich neben einer gebrochenen Nase noch eine Erkältung holt. Vermutlich lässt es sich sehr schlecht ausschnauben, wenn alles schmerzt.

„Sie müssen mich wirklich nicht ins Krankenhaus bringen, meine Nase ist nicht das erste Mal gebrochen. Ich habe viele Jahre geboxt." Während er das sagt, spielt er mit seinen Muskeln. Ich gestehe, dass ich Männer mit definierten Oberarmen sehr anziehend finde. Aber ich kann mich nicht von meinem Vorhaben, ihn ins Krankenhaus zu bringen, ablenken lassen. Er wäre nicht der einzige Mann, der mich in meinen Leben versucht zu verklagen. Durch meine Berühmtheit hatte ich auch viele Neider und mein neues Leben darf unter keinen Umständen gefährdet werden.

Während ich ihn in mein Auto verfrachte, merke ich, dass sein Widerstand immer geringer wird.

„Darf ich denn wenigstens wissen, wie Sie

heißen?" Seine Stimme hört sich ehrlich an. Er hat wirklich keine Ahnung, wer ich bin.

Ich versuche, während ich ausparke, in seine Augen zu schauen. Sie sind die Seele des Menschen. Er schaut mir offen ins Gesicht. Es ist eindeutig, er verheimlicht mir nichts.

„Sie können mich ruhig Claire nennen." Wenn er mich wirklich anzeigen wollte, würde er meinen Namen so oder so herausfinden.

„Was für ein schöner Name, für eine schöne Frau mit einem harten Hinterkopf." Während er das sagt, versucht er zu lächeln. Doch das scheitert kläglich.

Auf einmal kann ich nicht anders und muss laut loslachen. Diese Situation ist zu komisch.

„Es tut mir leid. Aber irgendwie ist das verrückt." Wieso auch immer, beginne ich, während ich das Auto auf die Vierlandenstraße lenke, von meinem Arbeitstag zu erzählen und auch von dem Brief meines unbekannten Verehrers.

„Sie sind so eine schöne Frau, natürlich haben Sie Verehrer, Sie haben ja auch mir sofort den Verstand geraubt." Während ich vor der Notaufnahme des Bethesda Krankenhauses mein Auto abstelle, lächelt er mich freundlich an.

„Na ja, wissen Sie ...," doch er unterbricht mich sofort.

„Wenn Sie mich schon krankenhausreif schlagen," lachend deutet er auf seine Nase, „dann sollten wir uns auch dutzen, oder?" Er hat wirklich recht. Ich bin über mich selbst erstaunt, dass ich ihm gegenüber so offen werde. In den letzten Jahren habe ich alle Männer immer abgelehnt und auf Distanz gehalten, doch dieser Mann hat etwas an sich, was mich ihm gegenüber aufgeschlossener werden lässt.

„Na gut, weißt du ich bin wirklich nicht auf der Suche nach einem Mann. Ganz im Gegenteil, derzeit würde mich einer nur stören."

„Stören, soso." Etwas in seiner Stimme lässt mich aufblicken. Doch ich kann nicht reagieren, denn wir haben die Notaufnahme erreicht und er geht zielstrebig zu einem kleinen Raum neben einer großen Glasfront, hinter der Pfleger und Ärzte stehen und sich unterhalten.

„Müssen wir nicht ..." Doch er schüttelt nur mit dem Kopf und deutet auf einen Zettel, der an der Tür hängt.

Ja, er scheint wirklich oft hier zu sein, denn das ist der Raum, in dem die Aufnahme stattfindet. Und bei seiner Geschwindigkeit kann er unmöglich den Text darauf gelesen haben.

Während er reingeht, um sich anzumelden, laufe ich auf dem kleinen Flurabschnitt auf und ab. Sollte ich vielleicht gehen? Ich habe doch alles getan, um ihm zu helfen. Und Natalia würde doch aussagen, dass es ein Unfall war.

Genau in dem Moment, als ich an sie denke, spüre ich wie mein Handy in der Handtasche vibriert.

Während ich in den Tiefen der kleinen Tasche krame, piept es immer wieder.

Ein Blick auf das Display sagt mir, Natalia hat mir eine WhatsApp-Nachricht gesendet.

Hey, Süße, wie läuft es bei euch beiden? Krankenhaus ist ja eine niedliche Bezeichnung. Wir telefonieren heute Abend, der Freund von deinem Typen ist auch sehr heiß.

Typisch Natalia. Sie denkt wirklich immer nur an das eine. Aber wenn sie den Freund von Johann abschleppen konnte, dann lässt sie mich wenigstens für heute in Ruhe und ich muss ihr nicht sonst etwas erzählen. Wie oft habe ich in den letzten Jahren behauptet, dass ich einen Freund hatte, nur damit sie mir nicht auf den Nerven rumtrampelt.

„Wir müssen warten." Mit Papiertüchern und einer Pappschale in Nierenform bewaffnet kommt Johann aus dem Zimmer heraus.

Wieso gehe ich nicht einfach? Er braucht mich doch hier nicht mehr. Obwohl ich es eigentlich gar nicht will, begebe ich mich mit ihm in den Wartebereich. Es ist proppevoll. Wenn ich mich hier so umblicke, scheint es mir so, als würden einige hierher einen Ausflug machen. Ein junges Pärchen uns gegenüber sitzt mit ihren Handys an der Steckdose und beide schauen immer wieder kichernd auf ihr Displays, um sich dann verliebt in die Augen zu blicken. Auf der anderen Seite haben sich drei ältere Damen mit ihrem Proviant niedergelassen und essen immer wieder etwas daraus. Wenn sie gerade nicht essen, schenken sie sich zu trinken ein. Da stelle ich mich doch lieber auf einen langen Abend ein und den könnte ich wahrlich besser nutzen.

„Max, also mein Kumpel, mit dem ich im *Schweinske* war, hat mir gerade eine Nachricht gesendet. Er wartet heute nicht mehr auf mich, denn er geht mit deiner Freundin auf den Kiez." Während er das sagt, hält er mir sein Handy vor die Nase. Zustimmend nicke ich ihm zu und zeige auf mein Telefon. Schon als ich mich mit Natalia verabredet hatte, war mir klar, dass sie am Ende des Abends mit einem Mann abziehen würde. Das war bis jetzt immer so gewesen und es wird sich nichts daran ändern. Es ist schon fast ein Sport zwischen uns geworden.

Doch was ich jetzt mache, verstehe ich selber nicht. Ich nehme mein Handy und tippe ohne darüber nachzudenken.

Alles gut, Natalia, ich denke der Abend mit Johann wird lange gehen und danach gehe ich auch ins Bett. Muss morgen früh arbeiten.

Es ist ja nicht gelogen, hier in der Notaufnahme wird es bestimmt lange dauern. Aber ich bin mir voll bewusst, was Natalia daraus machen wird. Nämlich, dass ich mit ihm in die Kiste springe. Es hat sich bei mir nichts geändert. Ich will immer noch, dass sie mich als Verführerin sieht und es aber gleichzeitig nicht sein.

Der Ruf soll immer an mir kleben. Wieso das so ist? Ich weiß es nicht einmal

3. Kapitel

Was für eine verdammt lange Nacht war das? Johann kam endlich gegen Mitternacht dran. Nachdem geröntgt wurde, wir wieder eine Stunde warten mussten, bis der Arzt Zeit hatte zu schauen, was genau war, durfte er mit Schmerzmittel versorgt nach Hause. Es ist ein glatter Bruch und da wird dann nichts gemacht. Unbefriedigt, aber froh, dass keine weiteren Folgen zu erwarten sind, verließen wir das Krankenhaus.

Erstaunlicherweise fühlte ich mich aber in Johanns Gegenwart sehr wohl und so kam es, dass wir unsere Telefonnummern austauschten. Eigentlich hat er es verdient, dass ich ihn auf einen Kaffee einlade. Der Arme wird solche Kopfschmerzen haben, und das ist alleine meine Schuld. Ja ich hätte wirklich Lust, mich noch einmal mit ihm zu treffen. Johann reizt mich so, wie mich schon lange kein Mann mehr gereizt hat.

Beschwingt gehe ich morgens ins Büro. Sonnabends kommen die Kollegen etwas später. Da sie Privathaushalte anrufen um ihnen Verträge für Zeitungen aufzuschwatzen, können sie nicht so früh beginnen wie in der Woche, wo man noch versuchen muss, jemanden vor der Arbeit ans Telefon zu bekommen. Damit habe ich Ruhe, um die ersten Rechnungen zu schreiben, bevor der Trubel des Ameisenhaufens wieder losgeht.

Nachdem ich meine Jacke über meinen Stuhl geworfen habe, fällt mein Blick auf ein blaues Kuvert. Sofort lächle ich. Mein Verehrer!

Aufgeregt wie ein kleines Kind reiße ich den Umschlag auf.

Liebste Claire,

du bist böse gewesen. Du gehörst mir. Ich akzeptiere keinen Mann neben dir. Er wird leiden. So leiden wie noch nie einer zuvor. Jeder Mann neben dir wird leiden. Lerne es lieber gleich. Deine wunderschönen braunen Augen sollen nur mich ansehen. Ich hoffe, du hast es verstanden. Wenn nicht, wirst du es in einigen Tagen das Ergebnis sehen.

Immer nur dich liebend!

Was zur Hölle kann er damit gemeint haben?

Fahrig greife ich zu meinem Handy und drücke wie wild auf Johanns Namen in der Kontaktliste. Angst übermannt mich. Es klingelt drei Mal und dann höre ich seine verschlafene Stimme. Erleichterung macht sich in mir breit.

„Ja?" Okay, er lebt und scheint ein Morgenmuffel zu sein. Johanns Stimme hört sich so an, als würde er mich am liebsten durch das Telefon ziehen und verprügeln.

„Entschuldigung, ich habe nicht darauf geachtet, wie spät es ist." Meine Stimme hört sich zittrig an.

„Claire?" Verwirrt, aber bei weitem nicht mehr so grummelig wie vorher, reagiert er auf mich.

„Ist alles okay? Du hörst dich nicht gut an."

„Ja, doch, ich wollte nur fragen, wie es deiner Nase geht?"

Wenigstens habe ich eine gute Ausrede, weshalb ich anrufe. Wenn ich ehrlich bin, möchte ich es wirklich wissen.

„Es ist halb elf, wieso schläfst du nicht mehr? Machst du dir etwa solche Sorgen um mich? Ich glaube, ich könnte sehr gut eine Krankenschwester gebrauchen. Soll ich dir die Adresse von mir geben?" Ich höre regelrecht durch die Leitung, wie er sich in seinem Bett rekelt. Vermutlich schläft er nackt und vor meinem inneren Auge sehe ich, wie er Muskeln spielen lässt. Wenn ich ehrlich zu mir bin, würde ich wirklich gerne jetzt neben ihm im Bett liegen. Vorsichtig mit meinen Nägeln die Muskeln nachziehen.

Verdammt, ich muss aufhören so zu denken und mich wieder konzentrieren, ansonsten rollt Montag ernsthaft mein Kopf.

„Tut mir leid, ich bin schon auf der Arbeit. Ich wollte auch nur kurz hören, wie es dir geht."

Ich merke, wie ich bei dem Gedanken anfange zu lächeln. Das darf jetzt einfach nicht sein. Es gibt keinen schlechteren Zeitpunkt. Die Arbeit, dann mein Traum, mir einen Resthof zu kaufen, um dort missbrauchten Kindern ein neues zu Hause bieten zu können. Und das alles, ohne an das Geld vom Modeln anzutasten. Ich kann mir zur Zeit einen Mann in meinem Leben nicht leisten.

Schnell versuche ich aufzulegen und höre nur noch ein leises Lachen in der Leitung. Er nimmt wenigstens alles mit Humor.

Obwohl ich weiß, dass es ihm gutgeht, lässt mich der Brief meines Verehrers nicht mehr in Ruhe. Immer wieder nehme ich ihn in die Hand. Ich muss herausfinden, von wem er ist. Wie kommt er hierher? Aber das Allerwichtigste ist, was meint der Briefeschreiber damit? Ist Johann in Gefahr? Sollte ich die Polizei informieren. Werden die mich wegen so etwas überhaupt ernst nehmen? Es ist fast wie vor drei Jahren. Doch da stand der Stalker nachts in meinem Hotelzimmer. Das ist doch nicht vergleichbar. Aber der Mistkerl ist noch im Gefängnis. Außerdem war das damals in Amerika und nicht hier. Selbst wenn er aus dem Bau raus wäre, wie sollte er hierher gekommen sein? Ich lebe jetzt unter einem anderen Namen. Ich bin gestern als Letzte aus dem Büro gegangen und bin die Erste, die wieder da ist. Es muss also jemand in der Nacht hier gewesen sein. Ob der Pförtner von heute Nachtschicht noch da ist? Vielleicht kann er mir ja weiterhelfen.

Selbstbewusst stehe ich auf. Ich muss in die Offensive gehen. Wenn ich eines gelernt habe, war es, dass Schwäche ausgenutzt wird und man diese also nie zeigen sollte.

„Moin, Frau Pekut." Ein gemütlicher älterer Herr, dessen Namen ich nicht kenne, sitzt hinter dem alten Schreibtisch. Er ist fast jedes Wochenende hier. Vermutlich ist er schon Rentner und bessert sich mit dem Job seine Pension auf. Aber er ist der einzige von seinen Kollegen, die meinen und auch den Namen aller anderen Mitarbeiter kennt. Immer ein Lächeln auf den Lippen und nicht selten einen frechen Spruch. Wenn ich mich in seiner Behausung umsehe, finde ich sie erbärmlich. Auch wenn das Bürogebäude auf dem neusten Stand der Technik sein soll, wurde dieser Raum irgendwie vergessen. An den Wänden hängen verrostete Schlüsselbretter und auf dem Tisch, der unter der schweren Last schon fast zusammenzubrechen droht, stehen mehrere alte Röhrenmonitore. Auf dem Haufen von Zetteln und Büchern thront eine Tüte von McDonald's. Der Geruch von Frittiertem steigt mir in die Nase. Noch nie hatte ich verstanden, wieso man sich Fast Food schon am frühen Morgen reinschaufeln kann. Aber er machte es mit Vorliebe.

„Entschuldigen Sie, könnten Sie mir sagen, wer heute Nacht bei uns im Büro war?" Ein Kopfschütteln war die Antwort, die der Mann mir gab.

„Nein, wir schreiben uns das nicht auf." Freundlich lächelt er mich an.

„Waren Sie denn heute Nacht hier?" Alles muss ich ihm aus der Nase ziehen, was meiner Stimmung nicht zuträglich ist.

„Nein, der Kollege der Nachtschicht ist schon lange zu Hause." Am liebsten hätte ich ihn geschüttelt, kann er nicht mehr Informationen geben?

„Wann kommt er denn wieder?" Ich brauche einfach die Antwort. Was ist, wenn Johann wirklich in Gefahr ist? Ich kann doch nicht untätig rumsitzen.

„Das weiß ich nicht, er war nur als Aushilfe hier." Aus dem Wachmann bekomme ich nichts Verwertbares heraus. Freundlich lächelnd verabschiede ich mich, auch wenn ich ihn am liebsten angebrüllt hätte, dass der Sicherheitsdienst seine Arbeit besser verrichten muss. Wobei er da wohl am wenigsten dafür kann. Nur gerade so viel, wie die Vorschriften vorschreiben, wird hier gemacht. Ich nehme mir fest vor, dem Vermieter des Bürokomplexes Verbesserungsvorschläge für die Sicherheit zu geben. Wofür haben wir einen Wachschutz, wenn der nichts protokolliert?

4. Kapitel

Ja, liebste Claire, ich lasse niemanden an dich heran. Er wird leiden müssen. Keiner fasst dich unbestraft an. Du gehörst mir ganz alleine. Das wirst du noch verstehen, meine Geliebte.

Ich weiß genau, wo ich deinen Gigolo finde.

Er ist so durchschaubar. Ein Muskelprotz wie er muss natürlich trotz gebrochener Nase in ein Fitnesscenter. Du denkst dir bestimmt, davon gibt es so viele. Aber ich habe ihn gestern mit dir zusammen beobachtet. Er hatte die Tasche von seiner Muckibude dabei. Extra für dich, liebste Claire, habe ich es mir gemerkt. Mein größtes Ziel ist es, dich vor allem zu schützen

Weißt du denn nicht, liebe Claire, dass Männer mit großen Muskeln einen kleinen Penis haben? Der kann dich doch gar nicht befriedigen. Wieso suchst du dir ständig die Falschen aus? Ich war immer in deiner Nähe, war immer bei dir, um dich vor solchen Typen zu schützen. Du bist und du bleibst meine ewige Liebe. Keiner wird dich je so verstehen, wie ich es kann. Nur für dich, liebste Claire, stehe ich jetzt hier und warte auf ihn.

Da, endlich kommt er raus. Einen Kaffee oder doch lieber einen Tee? Nein, er will bestimmt den Harten spielen und Kaffee trinken. Ich muss ihn ansprechen. Auch wenn er mich nicht erkennen wird. Mich erkennt nie einer wieder. Sie haben immer nur Augen für dich.

„Hey, na wie geht es dir und deiner Nase?" Wie erstaunt er doch blickt. Ja, du hast mich gar nicht wahrgenommen gestern, nicht wahr? Niemand nimmt mich wahr. Aber ich bin da und ich werde dein Richter und dein Henker in einer Person sein und damit das Todesurteil selbst vollstrecken.

„Ähm, danke, ganz gut." Ja, du kannst deine Augenbraue noch so hoch ziehen, ich werde nicht gehen und dein letzter Gedanke wird sein, dass ich dich töten werde. Auch wenn du es nicht weißt, vermutlich wirst du in deinem Todeskampf auch nicht an mich denken. Wer glaubt schon, dass ich jemanden töten kann? Oder auch nur verletzen?

Seine Verwirrung steht ihm so gut. Ich kann regelrecht sehen, wie er überlegt, wer ich sein könnte. Du wirst denken, dass ich irgendwo im Raum saß oder aber in der Notaufnahme, aber beides stimmt nicht. Ja, was man nicht im Hirn hat mein Lieber, das wird man auch nicht in die

Muskeln bekommen. Aber ihr glaubt ja immer, dass ihr so tolle Hechte seid. Ihr seid aber alle nur kleine Spastis, die von nichts eine Ahnung haben. Ihr sucht das schnelle Vergnügen. Mehr nicht.

„Danke der Nachfrage, doch ich habe keine Zeit, ich will mir noch ein Fahrrad kaufen. Vielleicht ja ..., ähm ja, bis zum nächsten Mal?"

Es wird kein nächstes Mal mehr geben. Deine Stunden sind gezählt. Also brauchst du dir auch kein neues Rad mehr kaufen. Wobei, es ist gut, dass du das vorhast. Dieser Fahrradladen hier ist immer voll. Ich werde dir so nahe kommen, so nah wie du es dir nur von Claire gewünscht hättest. Doch das wird nie wieder etwas mit euch beiden.

„Pass gut auf dich auf, wir wollen doch nicht, dass dir etwas zustößt, oder?" Wie leicht mir diese Lüge über die Lippen kommt. Fast so leicht wie ein Luftkuss in deine Richtung, liebste Claire.

„Natürlich werde ich auf mich aufpassen, was denkst du denn?" Mit diesen Worten dreht er sich um. Kein ‚auf Wiedersehen', keinen ‚schönen Tag' hat er mir gewünscht.

Er ist ein unhöflicher Kerl, Claire, auf so etwas stehst du wirklich? Du hast etwas Besseres verdient. Mit weit ausholenden Schritten gehe ich hinter ihm her. Die Spritze, die ich in meiner Hand halte, enthält Rizin. Er wird leiden. So leiden, wie er es verdient hat. Und dir, liebe Claire, werde ich helfen. Ich befreie dich von diesem Kerl. Wie ich dich von allen Männern befreien werde, die ich nicht gut genug für dich finde.

Ich habe auch schon einen Plan, liebe Claire, wie ich deinen Typen ins Jenseits schicken werde. Keiner wird wissen, dass ich es war. Es ist gar nicht so einfach, ihm in den Laden mit all den Menschen zu verfolgen. Er darf mich ja auch nicht sehen. Liebste Claire, du willst doch auch nicht, dass ich erwischt werde, oder?

Endlich er ist in ein Gespräch verwickelt. Ich muss ganz nah an ihn heran. Es tut mir fast schon weh, dass ich so einem Mann so nahe kommen muss. Vermutlich werde ich von seinem Testosteron beinahe umkippen, aber das wird ihm nicht mehr lange helfen. Seine Innereien werden sich auflösen. Sanft umschließe ich mit meiner Hand die Spritze. Die Injektion, die uns das größte Glück bringen wird. Sie fühlt sich so fest an, das Plastik von meiner Hand erwärmt. Es wird nicht wehtun. Liebste Claire, also noch nicht, erst heute Abend oder vielleicht morgen in den frühen

Morgenstunden. Meine Liebste, du würdest es nicht gutheißen, das weiß ich meine Geliebte. Du siehst in allem und jedem immer nur das Gute. Aber in ihm ist nichts Gutes. Er ist das Böse, und das Böse muss ausgelöscht werden. Ich werde der Inquisitor sein.

Bei diesen Gedanken geht es mir gut, liebe Claire. So nahe, wie ich dir komme, wird dir keiner mehr kommen.

Mit diesen Gedanken steche ich zu. Es fühlt sich so an, als wäre die Spritze nicht durch den dicken Stoff gegangen. Doch dann merke ich, wie er sich an die Schulter fasst. Er ist doch eine Mimose, ich ahnte es ja schon. Diese starken Muskeln und dann merkt er den klitzekleinen Einstich? Er fällt noch weiter in meinem Ansehen und ich dachte, das ginge eigentlich gar nicht. Noch ehe er oder der Verkäufer sich umblicken können, bin ich weg. Von weitem höre ich noch, wie er sagt, das muss einfach ein Stechen in der Schulter gewesen sein. Liebste Claire, er gab dir die Schuld, denn er meinte, dass es vielleicht noch von gestern kommen könnte. Da, als du ihm, liebste Claire, die Nase gebrochen hattest. Aber Schatz dieses Mal war ich es und seine gebrochene Nase wird sein kleinstes Problem sein.

In wenigen Stunden wird ihm eine Übelkeit

überkommen, so eine hat er noch nie erlebt. Er wird den ganzen Tag kotzen. Ich sehe ihn schon, liebste Claire, auf dem Klo, er wird nicht wegkommen. An dich wird er vermutlich dann nicht mehr denken, meine Claire. Auch nicht an den Pikser. Vermutlich wird ihm bei seiner mangelnden Intelligenz in den Sinn kommen, dass er eine Magen- und Darminfektion hat. Doch ich weiß es besser, liebste Claire. Vermutlich heute Nacht beginnt es dann. Sein Magen wird sich auflösen, liebste Claire. Ja, du hast richtig gehört, auflösen. Das Gewebe, ja, die einzelnen Zellen lösen sich auf. Dann verklumpt sein Blut. Er wird ganze Magenfetzen erbrechen. Wie gerne würde ich das sehen. Aber dann wird es immer besser. Er wird anfangen zu halluzinieren. Vielleicht ja von dir? Aber ich vermute eher nicht. Wahrscheinlich wird so ein Weichei wie er sich nach seiner Mutter sehnen und dich wird er vergessen. Wenn er Glück hat, kommt er ins Krankenhaus. Vielleicht bekommt er Medikamente, damit es leichter für ihn wird. Doch aufhalten, nein, liebste Claire, das war schon in dem Moment, als ich zustach, zu spät. Das Einzige, was mir daran leidtut, meine Geliebte ist, dass du eine kleine Nummer für ihn gestern warst. Ja, liebste Claire, nur für dich und mich habe ich das getan und ich würde es immer wieder tun. meine liebste Claire. Du hast nur mich verdient und das für immer. Das, liebste Claire, wirst du auch irgendwann verstehen. Ich verspreche es dir, ich bin immer für dich da. Dein ganzes Leben lang.

5. Kapitel

Ein Blick aus meinem Büro sagt mir, dass nach dem Wochenende das Chaos wieder perfekt ist. Alle sitzen oder stehen an ihren Schreibtischen mit ihren Headsets. Herr Starke hat mir schon vier E-Mails gesendet, in denen er mir aufträgt, mit wem ich zu sprechen habe. Wer welche schlechten Zahlen schreibt, obwohl die für diese Jahreszeit super sind. Wer kauft schon kurz vor den Herbstferien noch ein Zeitungsabo? Ich würde es nicht tun, diese ganze Rennerei, wenn man dann das aufgrund des Urlaubs pausieren lassen muss. Dass es überhaupt noch Menschen gibt, die über das Telefon etwas kaufen, ist etwas, was ich nicht verstehen kann. Doch ich muss mich wieder auf die E-Mails konzentrieren. Bei ein, zwei Kollegen kann ich seine Kritik verstehen und denke, da hilft vielleicht ein Gespräch. Aber heute fliegt hier niemand. Wenn er das will, muss er seinen Hintern selbst in Richtung seines Büros bewegen und nicht nur von zuhause aus, sich die Statistiken ansehen. Vielleicht bekommt er dann auch mal mit, wie schwer das Geschäft gerade läuft. Gerade, als ich wieder eine von seinen Nachrichten lese, geht meine Bürotür auf und Frank steht im Türrahmen.

„Hey, Claire?" Verwirrt blicke ich hoch. Ich kann mich nicht erinnern, wann Frank das letzte Mal etwas von mir wollte und dafür extra in mein Büro kam. Er will doch nicht etwa kündigen? Er ist unser bester Verkäufer. Doch als ich ihn ansehe, bemerke ich, dass ich weit gefehlt habe. Er hält einen blauen Umschlag in der Hand und der kommt mir sehr bekannt vor.

„Wo lag er?" Mehr kann und will ich ihn nicht fragen. Eigentlich ist das schon zu viel. Ich möchte nicht, dass andere erfahren, dass ich einen Verehrer habe, der mir unheimlich vorkommt.

„Er lag in der Küche auf der Ablage, also ich liebe ja Männerparfüm, aber das ist sogar für mich zuviel." Mit einer gerümpften Nase legt er mir den Brief auf den Schreibtisch. Als er wieder an der Tür steht, dreht er sich um und lächelt mich an.

„Aber ich wusste gar nicht, dass du derzeit einen Freund hast, wir sollten uns dringend unterhalten. Ich finde ja, dass du unbedingt ein wenig Nachhilfe brauchst. Wir warten nun schon so lange darauf, dass du dich verliebst. Es gab schon Wetten, ob du mit Starke zusammen bist. Er schaut dich ja immer so verliebt an."

Starke? Ja, das könnte natürlich sein, dass er der Briefeschreiber ist. Er hat einen Schlüssel und es würde nicht auffallen, wenn er das Haus betritt oder verlässt. Wobei? Wäre der überhaupt in der Lage herauszufinden, was ich wann mache? Woher hätte er wissen sollen, dass ich mich mit einem Mann getroffen habe?

Aber erstmal bin ich neugierig, was in dem Brief steht. Mich beschleicht ein ungutes Gefühl. Auch wenn ich gestern alles verdrängt habe, ist mir klar, diese Geschichte mit Johann war für den Stalker noch nicht beendet.

Liebste Claire,
es ist vollbracht. Er wird dir nie wieder zu nahe kommen. Du bist befreit von ihm und der Weg für uns beide offen.
In ewiger Verbundenheit

Ohne weiter nachzudenken, greife ich zu meinem Handy. Ich wusste es doch, dass etwas Schlimmes passiert sein muss.

Verdammte Scheiße, es geht sofort Johanns Anrufbeantworter an. Ob Natalia die Nummer seines Freundes hat? Vermutlich nicht, denn meine

Freundin war immer schon so, dass sie sich nur einmal mit einem Mann traf. Zweimal wäre ihr schon zu fest gewesen. Aber vielleicht haben sie sich ja bei ihm getroffen und sie kennt die Nummer.

„Hey, Süße, das freut mich ja, dass du mich anrufst. Ich muss dir was ganz Wichtiges erzählen." Auch wenn ich ihr gerne zugehört hätte, ist es jetzt dringender zu wissen, was mit Johann ist.

„Natalia, ..." Doch sie lässt mich nicht weiterreden.

„Ich bin gebucht worden für die Mailänder Fashionweek. Stell dir vor, als Hauptmodel von dem großen Designer mit der Sonnenbrille." Ich würde mich wirklich für sie freuen, denn ich weiß, dass es für Models das Größte ist, für ihn zu laufen, doch gerade kann ich mich nicht darauf konzentrieren. Zu wichtig sind die Informationen, die ich brauche.

„Ich freue mich für dich, aber ich rufe wegen etwas anderem an."

„Ohhh, na dann, wieso rufst du sonst an?" Ihre Stimme ist herrisch und zickig. Vermutlich hätte ich nicht anders als sie reagiert. Aber die Zeit drängt.

„Du hattest doch etwas mit dem Freund vom Johann, richtig?"

Nun kommt ein gurgelndes Geräusch aus dem Telefon. Vermutlich lacht sie gerade. Aber so genau kann ich das nicht definieren.

„Ja, meine Süße, und ich sage dir, er war fantastisch. Na ja, bis zu dem Moment, wo er eingeschlafen ist. Vor mir."

Nun bin ich mir sicher, sie lacht, denn die Worte kommen nur sehr gedrückt hervor.

„Ja, hast du seine Nummer?" Ich gehe nicht auf ihre Worte ein, denn ich kenne sie, sie würde mir alles von der Nacht erzählen und selbst, wenn da nichts passiert ist, dann würde sie es noch mehr ausschmücken und sich in den kleinsten Details verlieren.

„Nein, ach Süße, du kennst mich doch, aber wieso willst du das wissen? Ist dein Johann nicht gut genug. Ich muss schon sagen, ein leckeres Sahneschnittchen ist er auf alle Fälle. Also ich würde ihn nicht von der Bettkante stoßen." Nein, das würde sie vermutlich wirklich nicht. Sie lehnt keinen Mann ab, solange er nur halbwegs wie einer aussieht.

„Natalia, ich rufe dich ein anderes Mal an. Ich muss weiter machen."

Glücklicherweise beginnt sie keine Diskussion

mit mir. Ich weiß, dass ich so schon unhöflich genug bin.

Ich rufe Frank zu mir. Niemanden aus dem Büro vertraue ich, außer Frank. Vor allem hat er eine verdammt gute Nase. Vielleicht erkennt er ja den Geruch wieder.

„Claire?" An seiner Stimme erkenne ich, er denkt, wir würden ein Abmahngespräch führen müssen. Doch gerade ist mir meine Arbeit völlig egal.

„Bitte schließ die Tür, ich muss etwas Privates mit dir besprechen." Sofort leuchten seine Augen wieder verschmitzt wie zuvor.

„Womit kann ich dir helfen?" Er zieht sich den Stuhl ran und setzt sich darauf. Kurz zögere ich, aber vielleicht ist er meine Chance. Mit einer Hand angle ich den Brief vom Schreibtisch.

„Riech mal daran und sag mir, ob du jemanden kennst, der das benutzt." Meine Hände zittern so sehr, dass ich befürchte, ich könnte ihn herunterfallen lassen.

Verdattert schaut Frank mich an.

„Ich soll bitte was machen?" Ja ich weiß selber, wie dumm sich das anhört, aber er ist meine einzige Hoffnung.

„Bitte frag nicht, vertrau mir einfach, dass da keine Drogen drin sind.. Du wirst nicht von mir abhängig gemacht oder gar willig." Was für ein dummer Spruch und im Nachhinein überlegt, war ich wirklich doof. Hört man nicht immer wieder von so etwas? Dass man Gegenstände anfasst oder daran riecht und man dann unter Drogen steht?

"Danke, aber das muss ich wirklich nicht noch einmal haben. Das stinkt wie eine hundert Jahre alte Büffelherde ohne Wasser." Dabei rümpft er schon alleine bei dem Gedanken daran die Nase.

Leise muss ich über seine Beschreibung lachen. Ja, es ist wirklich sehr schwer zu ertragen. Aber wie unterschiedlich doch die Leute riechen. Für Natalia war es der Inbegriff der Männlichkeit und für Frank eher der persönliche Horror. Wenn ich daran schnuppere, habe ich nur noch Angst.

„Kennst du jemanden mit diesem Parfüm, oder hast du das schon mal in unserem Büro gerochen?" Doch er schüttelt nur noch angewidert den Kopf.

„Nun erkläre mir doch bitte, was es damit auf sich hat." Frank lehnt sich in seinem Stuhl zurück und schlägt sein linkes Bein über das rechte. Die Hände legt er an die Lippen. So wie er gerade dasitzt, finde ich, könnte er auch gut als Psychologe durchgehen.

„Ach, nichts." Sein skeptischer Blick zwingt mich zum Weiterreden. „Wirklich!" Ich versuche all meine Kraft in die Stimme zu legen.

„Komm schon, Claire. Samstag bist du, nachdem du den Brief bekommen hattest, wie ein Puma in seinem Käfig hin- und hergerannt. Du hast einen Typen angerufen. Danach ging es dir besser. Eben hast du deine seltsame Freundin angerufen, das machst du so schnell nach einem Treffen mit ihr nie." Mein Gott, wie gut kennt Frank mich eigentlich? Ich bin so erstaunt, dass ich nicht einmal gegen seine Bezeichnung ‚seltsame Freundin' meckern kann.

„Beobachtest du mich den ganzen Tag?"

„Ach, Süße, einer muss es ja machen, sonst bringt der Starke dich noch um." Nun ist es endgültig um mich geschehen. Ich will es eigentlich nicht, und doch beginne ich über alles zu sprechen und lasse nichts aus. Obwohl ich zusammenhangslos meine Sorgen herunterstammele, unterbricht er mich keine Sekunde.

„Geh zur Polizei, da stimmt was nicht. Ich werde meine Nase mal in den Kragen der anderen stecken. Aber ich bin mir sicher, keiner, und damit meine ich wirklich niemand, nutzt es. Sollte es aber nur für die Briefe gedient haben, dann wird bestimmt ein Rest von dem Gestank an dem Schreiber kleben. Ist ja widerlich das Zeug." Daran hatte ich nie gedacht. Für mich war immer klar gewesen, dass derjenige es auch benutzt.

„Bitte sei aber so gut und sage es niemandem. Auch nicht Michel." Diese Bitte wird die härteste für Frank werden, da bin ich mir sicher, aber ich will nicht, dass die Tratschtanten sich verplappern.

„Natürlich, aber du geh zur Polizei. Vergiss nie, wenn das stimmt, hast du vielleicht wichtige Beweismittel in der Hand."

Wie recht er hat. Ich nehme mir fest vor, nach der Arbeit auf die Wache zu gehen. Sie ist ja auch nicht weit entfernt.

Endlich ist Feierabend und da der Starke mich so rund gemacht hat, wollte ich heute nichts mehr, außer nach Hause, auf die Couch, die Füße hochlegen und vielleicht eine Serie schauen. Mit ein wenig Distanz finde ich es übertrieben, wegen so etwas zur Polizei zu gehen. Vermutlich hat mich Johann einfach blockiert, es soll ja diese Möglichkeit im Handy geben. Ihm wird klar geworden sein, dass es Schwachsinn ist, sich mit mir zu treffen. Immerhin habe ich ihm die Nase gebrochen, und wir hatten auch nichts miteinander. Eine gefährliche Freundin kann niemand gebrauchen. Oder er hat die Sache mit mir als ein Spiel gesehen.

Vielleicht haben sie sich sogar alle zusammen einen Spaß gemacht und mir diese Briefe gesendet. Natalia würde ich das zutrauen. Sie würde es nicht zum ersten Mal machen.

Mit Schwung werfe ich alles von meinem Verehrer auf den Küchentisch. Einfach vergessen und abhaken, das ist das Beste, was ich machen kann.

6. Kapitel

Ich habe meinen Verehrer schon fast vergessen. Eine Woche lang kam nichts mehr von ihm. Doch heute komme ich in mein Büro und ganz oben auf dem höchsten Rechnungsstapel liegt eine Pralinenschachtel. Belgische Pralinen, woher wusste er, dass ich die am allerliebsten esse?

Ich habe noch nie jemandem davon erzählt. Sie sind meine heimliche Leidenschaft. Mit einem guten Buch und einem Glas Rotwein ist so eine Schachtel schon mal an einem Abend weg. Das ist mir sogar zu meinen besten Modelzeiten passiert.

Bei genauer Betrachtung erkenne ich, dass es sogar meine Lieblingssorte ist, aber keine Karte, nichts. Diese Pralinen kann man nicht hier in Deutschland kaufen. Ich habe sie schon immer gesucht. Vielleicht im Internet, aber da habe ich sie auch nicht gefunden. Wenn ich in den kleinen Laden in New York ging, der sich genau an der Ecke befand, wo auch mein Penthouse war, dann lagen sie da immer genau auf der Ladentheke. Es war ein uriger kleiner Laden. Die Besitzerin war schon sehr alt. Mit einem nach vorn gebeugten Kopf starrte sie mich häufig an. Dann lächelte sie ihr zahnloses Lächeln und ohne, dass ich etwas sagen musste, hatte sie sie mir schon herübergereicht. Häufig wollte sie gar kein Geld von mir haben. Dann bin ich zwar gegangen, aber ich versteckte immer heimlich das Geld in einem der vollgestellten Regale. Sie hatte es dann immer herausgeholt, gelächelt und mir zugewunken. Es war ein schönes Ritual. Dafür liebte ich meinen Bezirk, in dem ich lebte. Es war mitten in der Großstadt, doch es war immer noch so herzlich.

Ich drehe die Schachtel hin und her in der Hoffnung, dass ich herausfinden kann, wo er sie gekauft haben könnte.

Seltsam. Na ja, vielleicht sind die auch gar nicht von meinem Verehrer. Bestimmt haben die Kollegen zusammengelegt und haben nur zufälligerweise die Richtigen gekauft. Dass ich gerne Schokolade esse, ist ja allgemein bekannt.

Mit der Schachtel in der Hand betrete ich das Gemeinschaftsbüro. Ich signalisiere kurz, dass sie keine weiteren Gespräche aufbauen sollen.

Neugierige, aber auch teilweise ängstliche Blicke ruhen auf mir.

„Ich möchte mich herzlich bedanken für die belgischen Pralinen, woher wusstet ihr, dass es meine Lieblingssüßigkeiten sind?" Aus den neugierigen Blicken werden verwirrte Blicke. Jeder schaut jeden im Raum an. Einige heben die Schultern, andere schütteln ihren Kopf.

„Sie sind doch von euch, oder?" Auch ich höre mich unsicher an.

„Nein, Claire, soweit ich weiß, haben wir dir nichts geschenkt. Aber gut zu wissen, dass du sie gerne magst, dann haben wir endlich ein Geschenk für dich zum Geburtstag." Frank lächelt mich freundlich an. Mit der Schachtel in der Hand stehe ich nun wie ein Depp vor den Kollegen. Aber wenn es nicht von ihnen ist, von wem dann? Dieser Albtraum muss doch ein Ende haben.

Langsam gehe ich wieder zurück an meinen Schreibtisch und lasse mich auf meinen Stuhl plumpsen. Mein Blick ist auf die Verpackung fixiert. Fast schon so als würde ich hoffen, dass sie mit mir spricht und mir sagt, wer sie hierhergelegt hat.

Klopf, klopf

„Komm rein, Frank." Ich muss nicht einmal schauen, wer da ist, es kann nur er sein. Er hat ein so feines Gespür für meine Empfindungen.

„Claire, mach dir keinen Kopf, bestimmt war es einer von den Kollegen, aber er traut sich nicht, dir seine Gefühle zu offenbaren."

Woher will er wissen, dass es um Gefühle geht? Ich habe ihm nie gesagt, was in den Briefen drin steht.

„Süße, dein Gesicht ist ein einziges Buch und glaube mir, ich lese gerne in solchen Gesichtern."

Ich dachte immer, er ist schwul, wovon redet er überhaupt? Ich bin immer mehr verwirrt. Am liebsten würde ich rausgehen und joggen. Beim Joggen bekomme ich meinen Kopf immer so wunderbar frei. Doch mein Schreibtisch sagt mir: Konzentriere dich auf mich.

„Wenn du mit mir sprechen willst, dann sag Bescheid, ich sitze im Nebenraum." Ohne auf eine Antwort von mir zu warten, geht er wieder raus.

Sekundenlang starre vor mich hin. Doch dann schüttle ich mich.

Schluss, aus, vorbei, keine Sekunde werde ich meine Gedanken noch an diesen Typen verschwenden. Entweder er zeigt sich, oder er hat eben Pech gehabt. Und diese verdammten Pralinen kann er sich sonst wohin schieben. Ich schnappe die Schachtel, die ich auf den Stapel zurückgelegt hatte, und werfe sie, ohne weiter darüber nachzudenken, in den Müll.

Mit Schwung stelle ich den PC an und beginne zu arbeiten. Bis zur Mittagszeit klappt es auch recht gut. Doch dann klingelt mein Telefon.

„Was?" Da ich gesehen hatte, dass es ein interner Anruf war, aber nicht auf die Nummer geachtet habe, bin ich der Ansicht, dass es einer der Telefonisten ist.

„Frau Pekut, meinen Sie nicht, dass ein freundlicherer Ton angemessener wäre?" Verdammter Mist, Starke, und an seiner Stimme kann man erkennen, dass er nicht amüsiert über meinen Tonfall ihm gegenüber ist.

„Entschuldigen Sie, Herr Starke." Wieso stammele ich denn wie ein Teenager? Er kennt es doch eigentlich schon, dass ich nicht so offen am Telefon bin.

„Kommen Sie in mein Büro und zwar sofort." Seit wann ruft er an, wenn er mit mir sprechen will? Normalerweise brüllt er einmal durch alle Räume und dann hat man alles stehen- und liegenzulassen, um zu ihm zu eilen. Etwas sagt mir, dass es schlimmer ist, wenn er anruft.

„Ich bin sofort da." Ohne weiter abzuwarten, ob er noch etwas zu sagen hat, lege ich auf und gehe schnellen Schrittes in sein Büro.

„Ach, sehr gut, wenigstens das funktioniert." Kein ‚guten Tag', kein ‚bitte setzen Sie sich', sondern nur sein herrischer Ton.

„Wollen Sie mich eigentlich verarschen, Frau Pekut?" Wenn ich nur wüsste, was er von mir will. Ich habe absolut keine Ahnung. Aber bevor ich mich noch weiter in die Nesseln setze, bleibe ich lieber stehen und warte still ab.

„Ich hatte ihnen geschrieben, dass Frank Merrwars gekündigt werden soll. Nun sehe ich, dass Sie das noch nicht gemacht haben. Nein, noch schlimmer, Sie hatten mir geantwortet: Sie würden derzeit niemanden kündigen."

Ah, daher weht der Wind. Ich setze mein freundlichstes Lächeln auf.

„Herr Starke, Frank Merrwars ist unser bester Verkäufer. Er hat die höchste Abschlussrate und die geringste Stornoquote. Auf ihn kann und will ich derzeit nicht verzichten." Auch wenn Starke gleich explodieren wird, halte ich mich an das, was ich mir selber versprochen habe.

„Haben Sie denn die Quartalszahlen der einzelnen Agenten nicht gelesen?" Seine Stimme überschlägt sich. Am liebsten würde ich mir etwas in die Ohren stecken, denn diese hohe Stimme tut einem richtig weh.

„Doch, habe ich, Herr Starke." Ich versuche, so ruhig wie möglich zu bleiben.

„Dann müssen Sie doch auch sehen, dass er die schlechtesten Zahlen von allen hat." Langsam frage ich mich, ob der überhaupt Ahnung von den Zahlen hat. Ja, Frank hat zwar prozentual am meisten abgebaut, wenn man die Quartale vergleicht, aber wenn man die Abschlusszahl, im Vergleich zu den anderen sich ansieht, dann weiß man, dass er immer noch mit weitem Abstand der Beste ist.

„Herr Starke, …" Er lässt mich nicht einmal ausreden.

„Verdammt, wieso ist er noch hier?" Mein aufgesetztes Lächeln verstärkt sich.

„Das kann ich Ihnen gerne erklären." Ich schaue ihn fest an. Es ist wie immer, das macht ihn nervös. Er kennt alle in seinem Umkreis nur unterwürfig. Und wenn ich ehrlich bin, ich verhalte mich ja auch oft nicht anders ihn gegenüber. Doch hier muss ich für meinen Kollegen kämpfen.

„Sie haben recht, dass seine Zahlen nach unten gegangen sind."

Triumphierend lehnt er sich in seinen Stuhl zurück und beginnt sich mit einem Papier Luft zuzufächeln.

„Aber, ..." Nun unterbreche ich mich. Durch das Luft zufächeln steigt mir ein Geruch in die Nase. Ein Duft, den ich nur zu gut kenne. Sofort sehe ich das blaue Kuvert vor mir.

Ich muss mich irren, er hat doch eine Freundin. Vermutlich sogar mehr als eine. Wenn ich dem glauben kann, was er immer von sich gibt, schließlich ist er immer sehr direkt. Ich schaue ihn entgeistert an.

„Was meinen Sie mit Ihrem aber. Reden Sie doch, verdammt nochmal." Nein so hört sich kein Mann an, der eine Frau umwirbt. Derjenige, der mir die Briefe hat zukommen lassen, hatte mich ja schon beinahe angebetet. Ich muss mich irren.

„Er macht von allen die meisten Abschlüsse. Wenn ich ihn kündige, dann werden die Zahlen noch schlechter. Ich habe natürlich ein langes Gespräch mit ihm geführt und er bekommt auch noch ein Coaching." Leicht wie noch nie ist mir diese Lüge über die Lippen gekommen. Dabei versuche ich, so wenig wie möglich durch die Nase zu atmen. Ich will diesen Geruch nicht haben. Unsicher schaue ich ihn mir immer wieder an. Zeigt er eine Gefühlsregung, die darauf hindeutet, dass er vielleicht doch der Absender meiner Briefe und Geschenke war? Aber er starrt nur auf seinen Bildschirm und tippt fahrig etwas ein. Vermutlich schaut er sich die Statistik für die Vertragsabschlüsse an.

„Ach, verdammt, gehen Sie." Diese Diskussion habe ich gewonnen, auch wenn er das nie zugeben würde.

Aber der Sieg fühlt sich nicht danach an. Der Geruch hat mich so aufgewühlt. Ich brauche etwas zur Beruhigung. Ein Blick auf meine Uhr sagt mir, ich kann eine Mittagspause machen. Ein guter Zeitpunkt. Ich schnappe mir meine Jacke und ohne nach links oder rechts zu sehen, verlasse ich das Gebäude. Auf der Alten Holstenstraße achte ich nicht darauf, wohin ich hingehe. Einfach nur Bewegung, mehr will ich nicht. Den Kopf frei bekommen, um dann wieder weiterzuarbeiten.

Bei den *Brotrettern*, meiner Lieblingsbäckerei, halte ich an. Süßes hilft immer. Auch wenn die Auslage noch nicht gut bestückt ist, da sie erst gegen zwölf die Sachen von den anderen Filialen bekommen, werde ich mit Sicherheit etwas finden.

Mein Blick schweift über das Angebot. Berliner hört sich gut an und einen weißen Kakao dazu.

Nachdem ich bestellt habe, setze ich mich an einen der Tische. Doch sofort springe ich wieder auf. Da ist er wieder, der Geruch. Das kann nicht sein. Ich schaue mich um, doch nur ich und der Verkäufer sind gerade hier.

„Bitte sehr, Ihr Essen und Trinken." Freundlich lächelt er mich an.

„Entschuldigen Sie bitte, welches Parfüm nutzen Sie?" Wie peinlich, doch ich muss es einfach wissen.

Sein Lächeln wird unsicher.

„Ich benutze gar kein Parfüm." Das kann doch nicht wahr sein. Ich rieche es doch. Ist er mit eingeweiht in diese Farce? Doch ich unterdrücke meine aufbrausenden Worte, die mir auf der Zunge liegen.

„Dann entschuldigen Sie. Ich dachte, ich hätte ein Herrenduft gerochen." Doch er hebt nur die Schultern und geht zurück zur Theke.

Ich werde wohl irre, vielleicht hat es beim Starke doch nicht so gerochen.

7. Kapitel

Liebste Claire, er wird jetzt in diesem Moment tot sein. Ich sehe es vor meinem inneren Auge, wie er gelitten hat. Es tut so gut, dass ich dich von ihm befreit habe. Du wirst das bald genauso sehen, meine liebste Claire.

Stell dir vor, er hätte vor dir mit seinen Muskeln geprahlt. Hättest du das nicht auch schlimm gefunden?

Er bestand doch nur daraus. Ja, er hatte mit dir einen wunderschönen Abend. Denn, liebste Claire, ich bin mir sicher, dass es mit dir nur wunderschön gewesen sein kann. Deine sinnlichen Lippen auf seiner Brust. Wie ich diese Vorstellung hasse. Seine Finger, wer weiß, wo die vorher waren. Ja, du hast immer gesagt, du findest manikürte Hände anziehend. Nein, ich hasse seine Hände, aber ich liebe die Vorstellung, dass er nun tot ist. Mausetot, liebste Claire. Er wird Blut gespuckt haben. Literweise hoffe ich. Dann wird er wie ein kleines Kind nach seiner Mutter geschrien haben. Die Schmerzen, die er hatte, oh, liebste Claire, die hat er verdient. Alle Männer in deiner Nähe haben das verdient. Niemand ist gut genug für dich. Nur ich, liebste Claire, ich werde dich auf Händen tragen.

Jeden deiner Wünsche von den Augen ablesen. Wenn du möchtest, werde ich mich vor dir auf den Boden legen, damit du über mich schreiten kannst, ohne ihn zu berühren. Ich werde jeden deiner Schritte auf meinem Körper mit Genuss hinnehmen. Du bist wie eine kleine Elfe, meine liebste Claire.

Liebste Claire, was hältst du davon, wenn ich dich von deinem schlimmsten Albtraum befreie? Er, der dich immer herumkommandiert. Wie oft hast du schon dein Herz über ihn ausgeschüttet?

Er war schlimmer als dein Vater. Aber dass ich dich von deinem tyrannischen Vater befreit habe, das hast du nie gesehen. Herzinfarkt haben die Ärzte diagnostiziert. Als ob so einer überhaupt eines gehabt hätte. Er hat dich als Kind so oft missbraucht.

Als du dann berühmt geworden bist, hat er sich in deinem Ruhm gesonnt. So ein Heuchler!

Aber wieso, liebste Claire, hast du um ihn getrauert? Du hättest mir dankbar sein sollen.

Genauso wie bei diesem Johann. Ich habe dich gesehen, liebste Claire, du warst unruhig und hast sogar versucht, seinen hirnrissigen Freund zu erreichen. Wieso nur, liebste Claire? Du gibst mir das Gefühl, als sei ich der Inbegriff des Bösen. Aber dabei bin ich deine Rettung, deine Zukunft, deine Hoffnung auf ein gutes Leben. Ich bin dein Ein und Alles. Freue dich, liebste Claire, denn du hast mich.

Aber wegen dem Starke, liebste Claire, soll er auch so leiden wie Johann mit dem Rizin? Oder willst du, dass er schnell stirbt? Was hältst du davon, wenn er dem Tod direkt ins Auge blickt, liebste Claire? Soll er wach sein und ich nehme diesen Eisblock, was er als Herz bezeichnet, aus ihm heraus? Vielleicht sollte ich ihm langsam seinen Brustkorb aufschneiden. Ich habe eine kleine, aber sehr feine Säge. Ich habe gehört, dass das Brustbein sehr hart sein soll. Weißt du, ob das stimmt? Die Rippen, liebste Claire, da mache ich mir weniger Sorgen. Die brechen ja auch oft. Muss ich vielleicht gar nicht das Brustbein aufschneiden? Geht das Herz vielleicht genau dazwischen heraus? Ob es stark bluten wird, liebste Claire? Denn dann muss ich sehen, wo ich ihn töten werde. Ein Frauenheld soll er ja sein. Er steht wohl auf kleine zarte Frauen ohne eigene Meinung, also das komplette Gegenteil von mir, oder was denkst du, meine Geliebte? Hat er dich schon mal berührt, liebste Claire? Vielleicht sogar gegen deinen eigenen Willen, liebste Claire? Wenn ja, wird er länger leiden. Sehr viel länger, liebste Claire. Vielleicht sollte ich ihm dann jeden einzelnen Finger brechen. Seine Zunge würde ich ihm herausschneiden. Dann kann er nichts mehr mit ihr anstellen. Die Augen aus den Höhlen reißen. Das ist doch dann in deinem Sinne, oder?

Oder soll er schnell sterben? Vielleicht im Schlaf? Dann hätte ich ein gutes Medikament hier. Aber das empfinde ich als zu langweilig. Wenn er einfach die Augen zumacht und dann nie wieder wach wird. Das ist so fantasielos. Aber du hast jemanden mit Fantasie verdient, liebste Claire. Ertrinken könnte noch eine Idee sein. Aber so wie der stinkt, würde er sich nur deswegen dagegen wehren, weil er wasserscheu ist. Das mit dem Herz ist vielleicht die beste Idee, liebste Claire, so werde ich es tun, meine Geliebte.

8. Kapitel

In der Nacht habe ich kaum geschlafen. Immer wieder sind meine Gedanken abgeschweift. Erst hatte ich versucht, eine Serie zu sehen, doch darauf konnte ich mich kaum konzentrieren. Das Buch, das ich angefangen hatte zu lesen, lag immer noch auf dem Bett, und ich habe keine einzige Seite weitergeblättert.

An normalen Tagen bekomme ich von einem Glas Wein so eine Bettschwere, dass ich innerhalb von wenigen Minuten einschlafe. Diese Nacht hätte ich vermutlich ein ganzes Fass austrinken müssen, um überhaupt zur Ruhe zu kommen. Aber es ist Mittwoch, also kann ich mich nicht vor der Arbeit drücken. Kaffee muss helfen. Auch wenn ich versuche, morgens vor der Arbeit keinen zu trinken, damit ich meinen Konsum ein wenig unter Kontrolle halten kann, lässt mir meine Verfassung heute keine andere Wahl. Frisch geduscht und mit einer Tasse in der Hand setze ich mich an den Küchentisch. Auf meinem Tablet will ich die neusten Nachrichten lesen. Diese wunderbare App, mit der ich Zugriff auf eine Menge Zeitungen habe, ist mein morgendlicher Begleiter.

„Oh mein Gott, das kann doch nicht möglich sein. Mein Verehrer hat es wirklich wahrgemacht?"

Gleich auf der Titelseite der größten Nachrichtenzeitung sehe ich Johanns Gesicht. Man hat zwar versucht, ihn durch einen schwarzen Balken vor seinen Augen unkenntlich zu machen, aber ich erkenne ihn sofort. Darüber steht: ‚War es Rizin?'

Ich bin fassungslos. Johann wurde also wirklich getötet.

Ich sauge jedes Wort des Artikels in mich auf.

Er wurde vermutlich vergiftet. Qualvoll starb er, nachdem er tagelang erbrochen hatte. Eine Obduktion soll angeordnet werden.

Oh mein Gott, ich muss an die Briefe denken. Sie sind mit Sicherheit ein Beweisstück. Ja, vielleicht sogar noch mehr. Sie sind bestimmt der Schlüssel zum Finden des wahnsinnigen Mörders. Ich bringe sie am besten sofort zur Polizeiwache.

Ich hatte sie doch in der Küche auf den Tisch geworfen. Mein Blick wandert unruhig darüber. Doch da ist nichts. Ich nehme den Stapel mit der wöchentlichen Werbung. Habe ich sie aus Versehen darunter gelegt? Doch sie sind auch nicht dazwischen. Wo können sie sonst sein? Vielleicht auf dem Schreibtisch im Schlafzimmer? Doch auch da finde ich nichts. Sie können doch nicht verschwunden sein. Hatte ich sie vielleicht gar nicht mitgenommen, sondern auf der Arbeit liegen gelassen? Glücklicherweise ist es nicht so weit bis dahin. So schnell, wie ich nur kann, laufe ich zur Firma.

Ein Blick über meinen Schreibtisch sagt mir, dass sie da auch nicht sind. Zu Hause waren sie aber auch nicht. Bin ich denn irre? Hatte ich sie vielleicht Frank gegeben? Nein, daran würde ich mich doch erinnern.

Ohne darüber nachzudenken, greife ich zu meinem Telefon. Natalia hat den Brief auch gesehen, sie muss mitkommen und es bezeugen.

„Was?"

Verdammt, ich hatte ja gar nicht darüber nachgedacht, dass Natalia bestimmt noch schläft. Schon der zweite Tag, an dem ich sie so früh anrufe. Dennoch bin ich mir sicher, dass sie es verstehen wird, wenn ich ihr das erkläre.

„Sag mal, du kannst dich doch noch an den Brief erinnern, den ich dir gezeigt habe?"

„Deswegen rufst du mich so früh an?" Ihre Stimme hört sich so müde an. Wenn es nicht so wichtig wäre, ich würde sie in Ruhe lassen, damit sie weiterschlafen kann.

„Bitte, Natalia, verstehe mich nicht falsch, es ist wichtig, Johann wurde umgebracht. Sie gehen davon aus, dass er mit Rizin getötet wurde."

Ein Pfeifton auf der anderen Seite zeigt mir, dass ich ihre Aufmerksamkeit habe.

„Woher willst du das wissen?" Es ist keine Spur mehr von der Müdigkeit zu hören. Sogar ihr russischer Akzent, den sie sonst gerne deutlich zeigt, ist verschwunden. Kein gutes Zeichen, das ist mir klar. Immer wenn sie sich Sorgen macht, dann verschwindet ihr Akzent. Wir haben uns schon früher darüber amüsiert.

Mit zittriger Stimme antworte ich ihr.

„Es stand in der Zeitung, gleich auf der ersten Seite. Man hat versucht, ihn unkenntlich zu machen, aber ich habe ihn genau erkannt." Aus den Augenwinkeln erkenne ich, dass die Tür zum Gemeinschaftsbüro aufgeht. Das war doch klar, dass genau jetzt, wo es mir so dreckig geht, die anderen kommen. Was werden sie von mir denken? In der Eile habe ich mich nicht mal hergerichtet.

„Aber das ist doch bestimmt ein anderer." Natalias Stimme hat wieder den gelangweilten Ton angenommen, den sie so gerne hat, wenn man sie, mit aus ihrer Sicht unnötigem Kram, stört. Auch der Akzent ist wieder da.

„Verdammt, Natalia, ich werde doch den Mann wiedererkennen, dem ich die Nase gebrochen habe. Aber ich wollte dich bitten, dass du bestätigst, dass du den Brief gesehen hast." Doch statt zu antworten, höre ich nur ein ‚tuut' aus der Leitung. Sie hat aufgelegt. Soll ich nochmal anrufen? Aber ich bin mir sicher, es wäre vertane Zeit. Sie ist sauer auf mich, weil ich sie so angeschnauzt habe. Wenn mir das in der Vergangenheit passiert ist, hatte sie tagelang nicht mit mir geredet. Frank hat den Inhalt nie gelesen, ich habe ihm nur davon erzählt, also habe ich nichts in der Hand. Wieso habe ich die Briefe nicht bei mir behalten?

„Hey, Claire, alles in Ordnung?" Als ob Frank gespürt hat, dass ich gerade über ihn nachgedacht habe, steht er vor meinem Zimmer.

Alles kämpft in mir. Soll ich es ihm sagen? Es war immer mein Ziel gewesen, Privates und Dienstliches getrennt zu halten. Doch die Situation ist so belastend und Natalia war mir keine Hilfe. Außerdem habe ich ihn ja auch schon mit diesem Thema behelligt. Auch wenn er nicht weiß, was genau in den Briefen stand.

„Komm bitte rein und schließe die Tür." Noch ehe ich weiter darüber nachdenken kann, ob ich es will oder nicht, begann ich schon zu reden.

Frank ist glücklicherweise niemand, der lange Fragen stellt oder sich unnötig aufplustert.

„Du weißt, ich hatte dich vor ein paar Tagen nach einem Parfüm gefragt."

Nickend schaut er mich an.

„Ja, und warst du, wie ich es dir gesagt hatte, bei der Polizei?" Seine Stimme war hart und unnachgiebig

Wäre ich es bloß gewesen. Vielleicht hätte man Johanns Tod noch vermeiden können. Aber so?

„Ich hatte es vergessen ... Ach nein, eher verdrängt." Verdammt, wer konnte denn ahnen, dass das jemand wirklich macht. Bei Jake, meinem Stalker aus Amerika, waren es doch auch nur leere Drohungen. Er hatte sich nur in meinem Penthouse Zutritt verschafft, aber niemanden angegriffen. Klar, ich hatte Angst, aber ich denke nicht, dass er auf die Idee gekommen wäre, jemanden zu töten.

„Ist denn noch mehr gekommen?" Frank schaut mich an. Er hat einen durchdringenden Blick. Wenn ich nicht wüsste, dass er es gerade gut mit mir meint, würde ich Angst bekommen.

„Ich habe heute Morgen das Gesicht von ihm in der Zeitung gesehen. Gleich auf der ersten Seite."

„Du kennst deinen Stalker?" Verwirrt schaue ich ihn bei dieser Frage an. Aber dann schüttele ich den Kopf

„Nein, Johann, der, dem ich die Nase gebrochen habe."

„Oh mein Gott." Mehr bekommt er für Sekunden nicht raus. Der Blick, den er hat, zeigt mir aber, wie entgeistert er ist. Durchdringend bis aufs Mark starrt er mich an.

„Du meinst, der Mann, der tot ist, das war dein Bekannter? Auf den bezog sich auch dein Stalker?"

Dann springt er wie von der Tarantel gestochen auf und zieht mich hoch.

„Nun vergeuden wir keine Sekunde mehr. Es geht zur Polizei. Die haben andere Möglichkeiten als wir.

Hätte ich das geahnt, ich hätte dich mitgeschleppt und die hätten schon viel eher anfangen können mit ihrer Arbeit. Wenn ich das gewusst hätte. Verdammt, ich hätte dich sofort zur Polizei gebracht. Wo sind die Briefe?"

Tja, nun spricht er ja genau mein Problem an.

„Weg!" Meine Stimme ist so leise, dass ich schon vermutet hatte, dass er mich gar nicht versteht.

„Du hast sie einfach weggeworfen? Bist du von allen guten Geistern verlassen?" Nun überschlägt sich seine Stimme, die Kollegen aus dem Nebenraum starren zu uns herüber. Es wird für mich immer peinlicher. Ist ihm denn nicht klar, dass es mir schon so schwerfällt, ihm das zu erzählen.

„Nein, ich habe sie natürlich nicht weggeworfen. Aber sie sind verschwunden. Ich war mir sicher, dass ich sie gestern noch hatte."

Verwundert schüttelt er den Kopf.

„Egal, wir gehen dennoch hin. Die Polizei wird da schon wissen, wie sie damit umgehen sollen." Er hat wirklich einen festen Glauben an die Polizei. Dieser fehlt mir komplett, was ich alles erleben musste damals mit meinem Stalker, das glaubt mir kein Mensch.

„Das bringt ..." Doch Frank lässt mich nicht ausreden.

„Papperlapapp, keine Ausreden mehr, komm wir gehen." Dabei greift er meine Hand und zieht mich zu sich heran. Ein Kribbeln durchflutet meinen Körper. Was ist das? Wieso reagiere ich auf Frank? Noch nie habe ich das getan. Das kann nur daran liegen, dass ich so einen Stress habe.

Schnell schüttele ich die Gedanken ab, denn Frank schiebt mich schon mit einer Hand durch die geöffnete Tür. Alle Blicke ruhen auf uns.

„Wir kommen gleich wieder, haltet die Stellung, unsere Chefin braucht einmal meine Hilfe." Frank scheint alles bestens in der Hand zu haben. Er gibt mir das Gefühl, selbst wenn ich es wollte, ich könnte mich nicht gegen seinen Druck wehren.

Auf der Straße spüre ich die Blicke der anderen auf uns ruhen. Während mir die Angsttränen herunterlaufen, ist Frank der Starke und dirigiert mich die Alte Holstenstraße in Richtung Polizei. Immer wenn ich stehenbleibe, um mit ihm zu reden, lässt er es nicht zu. Zielstrebig und ohne nach links und rechts zu blicken, geht er immer weiter. Jeder Schritt hallt in meinen Ohren. Was ist, wenn ich gefragt werde, wer der Stalker sein kann? Soll ich vor Frank erklären, dass ich schon mal einen Stalker hatte? Was ist aber, wenn man denkt, ich wäre die Mörderin. Immerhin hatte ich vermutlich als eine der Letzten Kontakt zu Johann.

Vor der Glastür der Bergedorfer Polizeiwache bleibe ich stehen.

„Frank, meinst du, die nehmen mich überhaupt

ernst? Ich habe nichts in der Hand. Oder was ist, wenn die glauben, ich bin die Mörderin?" Ein lautes Lachen ist seine Antwort.

„Mensch, Schätzelein, jeder, der dich kennt, weiß, dass du dazu gar nicht in der Lage wärst."

„Aber ..." Wieder lässt er mich nicht ausreden. Wieso lasse ich mich so von ihm behandeln? Ich bin doch sonst nicht auf den Mund gefallen.

„Rein, Süße." Dabei reißt er die Tür auf und geht mit einem großen Schritt hinein.

Langsam folge ich ihm, während er ohne weiter auf mich zu achten, auf den Tresen der Wache zugeht.

„Moin." Endlich dreht er sich wieder zu mir um. Ich bin einen Schritt hinter ihm stehengeblieben, immer noch unsicher, ob wir wirklich das Richtige machen ...

„Meine Kollegin muss etwas melden." Dabei tritt er etwas zur Seite, damit die junge Polizistin mich sehen kann.

„Womit kann ich Ihnen helfen?" Auch wenn ihre Worte vielleicht nett gemeint sein sollen, hat sie eine genervte Stimme.

„Ich weiß gar nicht, ob Sie es können." Meine Unsicherheit wird immer stärker. Als sie dann auch noch genervt blickt, bin ich mir sicher, dass es falsch ist.

„Claire, du hast nichts zu verlieren, also komm."

Doch ich bekomme kein Wort heraus.

„Also, meine Chefin hat in der letzten Zeit Briefe erhalten." Dass sich das sogar für ihn dumm anhören muss, erkenne ich, weil er auf einmal auf den Boden blickt.

„Ja, und warum sind Sie jetzt hier?" Die Stimme der Beamtin löst in mir etwas aus. Ich fange mit einem Mal an zu reden.

„Es geht um den Fall des Rizin-Opfers. Ich hatte in den letzten Wochen einen Stalker. Erst hatte er mir nur Liebeserklärungen gesendet. Was ja nett war, aber dann war es letzte Woche so, dass es aussah, als hätte ich mit Johann ein Date. Danach kam eine Drohung, dass er ihn töten würde. Na ja, und nun ist er tot." Es ist erleichternd, alles einmal gesagt zu haben. Auch wenn ich immer noch nicht glaube, dass es weiterhilft, da ich ja keine Beweise habe.

„Sie glauben also, dass der Mörder von Johann Gustavson Kontakt mit Ihnen hat?"

„Also ... Ja, ich denke es." Ich sammele meine ganzen Kräfte, um endlich wieder selbstbewusst zu wirken.

„Dann geben Sie mir bitte einmal Ihren Ausweis und dann setzen Sie sich, ich hole einen Kollegen."

Damit zeigt sie auf die Stühle an der Wand vor dem Tresen.

„Schau, ich sage dir doch, dass man dich ernst nimmt, du musst nicht immer so negativ denken." Frank lächelt mich fröhlich an. Ich kann zwar nicht verstehen, was er daran so erfreulich findet, aber okay.

„Frau Claire Pekut, kommen Sie doch bitte mit."

Ein älterer, leicht übergewichtiger Herr steht vor mir. Erst als ich seine Waffe im Halfter sehe, erkenne ich, dass er auch ein Polizist ist.

In einem kleinen, stickigen Raum, welcher vom Hauptraum aus erreichbar ist, setzt er sich hin und deutet auf die gegenüberliegenden Stühle. Nicht einmal ein Computer oder ähnliches steht hier drin.

„Meine Kollegin meinte, Sie hätten Kontakt zu Johann Gustavson? Und wer sind Sie?" Mit den letzten Worten scheint er jetzt erst Frank bemerkt zu haben. Ich bekomme nicht das Gefühl, als würde ich das Richtige tun.

„Ich bin ein Kollege und Freund von Frau Pekut."

,Freund' - wie seltsam er das betont. Ich schaue ihm direkt ins Gesicht, sehe ich da ein Zucken an seinem Auge? Was könnte das bedeuten? Interpretiere ich schon zu viel in Dinge hinein?

Mein Fuß zuckt nervös. Der Polizist schaut mich an.

„Möchten Sie mit mir alleine reden?"

Alles schreit in mir, dass ich gar nicht reden will. Ich will weg von hier. Am liebsten würde ich mich in meine kleine Ecke verkriechen und die Decke über den Kopf ziehen.

Da ich schweige, schaut der Polizist Frank an und will gerade mit dem Reden anfangen, als ich mich besinne und mit dem Kopf schüttele.

„Nein, es ist Ordnung, wenn mein Kollege dabei ist." Bewusst betone ich das Wort Kollege, ich will nicht, dass Frank denkt, dass wir wirklich Freunde sind. Mir war das immer besonders wichtig, die Distanz zu den anderen aus der Firma zu wahren, denn immerhin bin ich ihre Vorgesetzte.

„Dann beginnen Sie doch einfach mal." Sichtlich entspannter lehnt sich der Beamte in seinem Stuhl zurück. Aber wo soll ich anfangen. Doch dann purzeln mir die Worte nur so heraus.

Es dauert nicht lange und ich habe dem

Polizisten von den Briefen erzählt, von meiner Begegnung mit Johann, und als ich das mit der Nase erzählt hatte, da war ich mir sicher, dass er sogar kurz schmunzeln musste. Erleichterung macht sich in mir breit. Es tut gut, einmal alles zu erzählen. Frank starrt ohne mit der Wimper zu zucken vor sich hin.

„Okay, Frau Pekut, dann geben Sie mir doch bitte einmal die Briefe." Sofort löst sich die Erleichterung in Luft auf.

„Das ist ja mein Problem."

„Ach, und ich dachte, das Problem läge darin, dass Johann Gustavson tot ist." Seine Stimme trieft nur so vor Ironie. Aber er hat natürlich recht, denn was gibt es Schlimmeres als den Tod eines Menschen?

„Das habe ich schlecht ausgedrückt, es tut mir wirklich leid."

„Reden Sie weiter." Er knurrt die letzten Worte nur.

„Sie sind weg. Ich bin mir sicher, dass ich sie in der Küche auf den Tisch gelegt hatte. Ich wollte ja schon früher zu Ihnen kommen." Auch wenn er nicht ausspricht, dass er glaubt, ich sei nur eine Angeberin, die sich über den Tod von Johann profilieren will, sehe ich es ihm genau an.

„Dann geben Sie mir doch bitte auch noch Ihre Telefonnummer. Die Kollegen der Kriminalpolizei werden sich bei Ihnen melden." Mehr hatte er mir nun nicht mehr zu sagen. Aber mir war klar, dass ich nicht anders gehandelt hätte.

„Das war's jetzt?" Frank, der anscheinend noch nie Kontakt mit der Polizei hatte, starrt den Beamten an, als wäre er ein Außerirdischer.

„Was denken Sie denn, was wir machen können?" Nichts Freundliches ist mehr in der Stimme des Mannes auf der anderen Seite des kalten Raumes.

„Na ja, ..." Aber auch Frank fällt auf, dass es keine anderen Möglichkeiten gibt. Hätte ich die Briefe noch, dann sähe es vielleicht anders aus.

Nachdem ich dem Polizisten alle meine Daten gegeben habe, begleitet er uns zur Tür.

„Bitte kommen Sie beim nächsten Brief sofort zu uns. Dann können wir vielleicht mehr machen."

Seine Stimme hört sich zweifelnd an. Ich bin mir sicher, dass er denkt, ich habe so oder so nie einen erhalten und werde aus diesem Grund auch nie wieder zu ihm kommen. Dabei ist es doch ein Kinderspiel, einmal zum *Schweinske* zu gehen und nachzufragen, ob ich dort war und ihn getroffen habe. Nur habe ich keine Energie mehr, überhaupt noch etwas zu sagen. Noch nie habe ich mich so erschöpft gefühlt. Gerade als ich überlege, mir bei den *Brotrettern* einen Kaffee zu holen, klingelt mein Handy. Zitternd nehme ich es aus meiner Tasche.

Starke!

Genau der fehlt mir noch zu meinem Glück. Aber es hilft nichts, ich muss ans Telefon, sonst werde ich sofort gekündigt.

„De..." Er lässt mich nicht aussprechen.

„Verdammter Mist, wo sind Sie und dieser Agent? Vergnügen Sie sich in einer Besenkammer, oder wie?"

Wenn der wüsste, wie sehr mir sein Satz wehtut. Aber er denkt eh nie nach. Fieberhaft suche ich nach einer Erklärung. Ich bin doch sonst nicht so auf den Mund gefallen.

„Herr Starke, wir ..." Doch er will gar nicht, dass ich ihm antworten kann, denn sofort bellt er weiter.

„Schwingen Sie Ihren hübschen Arsch ins Büro und dann haben wir zu reden." Ein Klicken zeigt mir, er hat aufgelegt. Wieso lass ich mir diese Schikanen überhaupt gefallen? Doch ich will keinen weiteren Streit provozieren. Ohne zu trödeln, gehe ich zügigen Schrittes ins Büro. Erst kurz vor der Tür fällt mir auf, dass Frank kein Wort gesagt hat, seitdem wir die Polizeiwache verlassen haben. Doch ich kann mich jetzt nicht um ihn kümmern, ich gehe, ohne meine Jacke oder Tasche abzulegen, ins Büro des Chefs.

9. Kapitel

Denkst du wirklich, dass du mich überlisten kannst? Einfach zur Polizei gehen und die soll dir auch noch glauben? Aber irgendwie war mir das doch klar, dass du das machen wirst. Alle Briefe sind vernichtet und du wirst sie auch nie wiederbekommen. Du wirst mich noch lieben lernen. Ich bin dein Ein und Alles. Die Steine, auf denen du gehst, würde ich für dich mit der Zahnbürste reinigen. Abends, wenn du nach Hause kommst, würde ich dir ein Essen kochen, so wie du es am liebsten hast. Ein Bad einlassen mit hohen Schaumbergen drauf. Mit deinem Lieblingsbadezusatz. Wie schön deine Haare dann riechen. Danach werde ich dir zärtlich den Rücken eincremen. Ich weiß, du liebst es. Das hast du schon immer gerne gemocht. Lavendelöl werde ich nutzen. Zwischen den Schulterblättern einige Tropfen auftragen. Sie werden langsam über deine Rippen in die kleine Mulde über deinem knackigen Hintern gleiten. Dort werde ich mit meinem Zeigefinger das Öl aufnehmen und über deine Wirbelsäule bis zu deinem Hals sanft verstreichen. Wie weich deine wunderschöne Haut ist, liebste

Claire. In kleinen kreisenden Bewegungen verteile ich das Öl auf deinem Rücken. Ich spüre, wie du dich unter meiner Hand rekelst.

Du siehst so wunderbar anziehend aus, liebste Claire. Du liebst es, nicht wahr, meine Geliebte, wenn ich dir deinen verspannten Nacken massiere, bin ich mir sicher, du wirst ein Stöhnen nicht mehr unterbinden können. Wie ich es liebe, wenn ich diesen Laut von dir höre. Zu selten lässt du dich so gehen, liebste Claire. Nur bin ich mir sicher, bei mir wirst du es dir gutgehen lassen. Langsam werde ich deine Seiten eincremen. Mit den Fingerspitzen berühre ich sanft deine Brustansätze. Habe ich dir jemals gesagt, wie schön deine Brüste sind? Sie sind so wunderschön fest. Auch ohne BH sehen sie wunderbar straff und wohlgeformt aus. Das können nur wenige Frauen von sich behaupten. Du musst dich deiner nicht schämen, wieso trägst du seit kurzer Zeit so unförmige Kleider? Wie habe ich die engen Tops gemocht. Du hattest sie immer in Mailand an. Kannst du dich noch an Mailand erinnern? Vermutlich nicht mehr, liebste Claire, oder wenn du dich an die Stadt erinnerst, dann nicht, dass ich auch dabei war. Hast du mich je wahrgenommen, liebste Claire? Ich meine so wirklich richtig? Ja, wir haben uns oft unterhalten, aber weißt du, wie ich zu dir stehe? Ich vermute nicht. Doch heute nimmst du mich wahr, und du wirst mich auch nie vergessen, liebste Claire. Deine täglichen Gedanken werden bei mir sein, liebste Claire. Aber ich werde dich auch verwöhnen, so, wie dich noch nie einer zuvor verwöhnt hat.

Ich freue mich auf jede Sekunde mit dir und denke daran, du wirst mich nie loswerden. Jeder, der mich verraten will, wird sterben, liebste Claire. Hast du etwa gedacht, dass dieser Tölpel von Frank uns trennen kann? Nicht ernsthaft, oder? Aber alleine dafür, dass er es wollte, wird er leiden, liebste Claire. Schau, ich habe hier etwas Besonderes für ihn, liebste Claire. Ach, du kannst es ja nicht sehen. Nachdem dein liebster Johann durch Rizin starb, meine Geliebte, wird dein Frank mehr leiden müssen. Du kannst dir das nicht vorstellen, dass man noch mehr leiden kann? Oh doch, ich kann mir das. Stell dir vor, dass dein selbsternannter Beschützer mir in die Augen sehen muss, wenn ich ihn töte. Ja, du hast mich richtig verstanden, er wird dabei zusehen müssen, wenn ich ihn töte. Denn er ist mir sehr auf die Nerven gegangen. Hat er dir doch gesagt, dass du wegen mir zur Polizei gehen sollst. Aber sie glauben dir nicht. Was für ein trauriger Vorfall, es tut mir ja auch leid, dass ich dich als Lügnerin dastehen lassen musste. Aber was ist, wenn sie nach mir suchen? Sie sollen nicht nach mir suchen! Was denkst du, liebste Claire, sollte ich lieber ein Messer nehmen oder doch lieber eine Säge? Ach, was frage ich dich? Du bist so weich und nachgiebig, du wirst mit Sicherheit denken, er soll leben. Doch das wird er nicht, er wird sterben. Und mir dabei in die Augen blicken. Langsam den Schmerz spüren, der immer stärker wird. Ihm wird schwarz vor Augen und dann werde ich warten, bis er wieder da ist und weitermachen. Ihm soll der Schmerz den Verstand rauben. Nur noch einen Gedanken soll er haben. Er soll hoffen und beten, dass ich ihn von seinem Schicksal erlöse.

Wenn du meine Gedanken kennen würdest, Claire. Ach, verachten würdest du mich. Doch es ist wichtig für mich, dich an mich zu binden. Meine Geliebte, du bist mein Ein und Alles. Das wirst du aber auch noch merken. Nun geh schön baden. Dabei werde ich deinen Körper beobachten und es genießen, wie du den Schaum über deinen herrlichen Leib verteilst.

10. Kapitel

Mit einer Engelsstimme konnte ich den Starke überzeugen, dass ich mit Frank nur ein dienstliches Gespräch über seine Verkaufszahlen geführt habe. Er hatte auch sofort verstanden, dass ich dies nicht in meinem Büro machen wollte, da ja die Kollegen ihn und mich dabei beobachten könnten. Ich bin immer noch verwirrt, wie leicht es ging. Eigentlich ist er doch so ein misstrauischer Mensch und sieht hinter allem eine Verschwörung. Doch heute war das ganze Thema für ihn nach wenigen Minuten erledigt, und ich konnte meinen Arbeitstag in Ruhe absolvieren.

Erleichtert streife ich mir meine Schuhe auf dem Flur meiner Wohnung ab. Hier bin ich sicher und keiner kann mir etwas tun. In der Küche verspüre ich einen Schauer. Bilde ich mir das nur ein? Es ist fast so, als würde jemand mich beobachten, ich drehe mich um, doch da ist niemand. Wie auch? Ich habe ein Sicherheitsschloss einbauen lassen. Das habe ich meinem Stalker aus Amerika zu verdanken. Aber das war kein Hindernis für ihn, er ist über einen Balkon in meine Wohnung gekommen. Wie das passieren konnte, weiß bis heute niemand. Die Wohngegend in New York war an jeder Ecke mit einer Videokamera ausgestattet. Niemand konnte husten, ohne dass die Polizei das sofort gesehen hätte. Doch er hatte es geschafft, sie zu überlisten. Nie hatte er erzählt, wie er es machen konnte. Nur dass er dann irgendwann in meiner Wohnung war, während ich unter der Dusche stand und mich entspannte. Das Einzige, was er mitnahm, war ein Slip von mir. Erst dachte ich, ich hätte ihn einfach verlegt, doch als er festgenommen wurde, hatte er ihn in seinem Rucksack. Er meinte damals, er brauche meinen Geruch. Noch immer ekele ich mich bei diesem Gedanken. Auch heute habe ich wieder genau das gleiche Gefühl wie damals.

Doch wie sollte hier jemand hereinkommen? Niemand besitzt einen Ersatzschlüssel. Auch hat diese Wohnung keinen Balkon und ist nicht ebenerdig. Dieses Mal habe ich sehr darauf geachtet, eine Wohnung mit den höchsten Sicherheitsstandards einzurichten. Der Vermieter hatte schon gelacht und mich aufgezogen, ob ich denn vielleicht ein neues Fort Knox erbauen möchte. Dritter Stock und dennoch Schlösser an den Fenstern, er hat zwar mit dem Kopf geschüttelt, aber dann den Auftrag gegeben, sie einbauen zu lassen.

Nein, hier kann niemand sein, da bin ich mir doch recht sicher. Ich schüttele den Gedanken ab. Heute möchte ich ein schönes Bad nehmen. Mit wenigen Schritten bin ich den kleinen Flur entlang und öffne die Tür neben dem Wohnzimmer. Was ich sehe, bringt mich zum Taumeln. Es ist schon Badewasser in der Wanne. Anhand des Dampfes stelle ich fest, dass es gerade erst eingelassen wurde. Das darf doch nicht wahr sein. Es war jemand hier, jetzt habe ich meinen Beweis. Ich schwanke zurück ins Wohnzimmer, welches in eine offene Küche übergeht. Ich muss mich gegen ihn bewaffnen. Irgendwo wird er in der Wohnung sein. Wie eine Irre durchwühle ich die Schublade mit den Messern. Mir wird keiner mehr zu nahe kommen. Dafür werde ich schon sorgen.

Mit der rechten Hand halte ich das Messer, so wie ich es in meinem Selbstverteidigungskurs gelernt habe. Mit der linken Hand suche ich in meiner Jacke nach meinem Handy. Fahrig versuche ich, die Nummer der Polizei zu wählen. Immer wieder fällt das Messer auf die Arbeitsplatte. Zitternd lege ich es neben mir ab. Hoffentlich nutzt der Stalker es nicht, um handgreiflich gegen mich zu werden.

„Polizei Hamburg, wie kann ich Ihnen helfen?"

Leise, damit der Eindringling es ja nicht hört, spreche ich in den Hörer.

„Bitte helfen Sie mir, es ist jemand in meiner Wohnung.

Im Friedrich-Frank-Bogen."

Nein, bitte, wieso legt sie auf? Ich muss zu leise gesprochen haben.

Mit zittrigen Fingern wähle ich erneut die Nummer. Dieses Mal ist ein Polizist dran. An seiner genervten Stimme erkenne ich, er glaubt, dass ich einen Telefonstreich mache. Etwas lauter, in der Hoffnung, dass er mich dieses Mal hört, wiederhole ich meine Worte.

„Wer ist in Ihrer Wohnung?" Na, wenn ich das wüsste, dann wäre ich um Welten schlauer.

„Ich weiß es nicht, aber er hat Badewasser eingelassen." Wie kindlich sich das anhört. Da hat jemand Angst vor Badewasser.

„Wenn Sie jemanden verarschen wollen, dann bitte nicht auf dieser Nummer, diese ist für Notfälle."

Dieses Mal werde ich etwas lauter.

„Es ist keine Verarschung, jemand ist in meiner

Wohnung und ich habe mich schon mit einem Messer bewaffnet, ich habe Angst, bitte kommen Sie."

„Okay, Ihre Straße habe ich, Ihr Name?" Endlich, er scheint mir zu glauben.

Ich setze mich in die hinterste Ecke meiner Küche. Hier könnte der Angreifer nur von vorne kommen und ich habe eine Chance, ihn abzuwehren. Zitternd und auf jedes Geräusch achtend hoffe ich, dass die Polizei sich beeilt. Wer weiß, wo der Stalker in meiner Wohnung ist. Die Minuten vergehen und ich bekomme langsam das Gefühl, dass der Polizist mich nur abwürgen wollte. Hatte er gar nicht vor, jemanden zu schicken? Doch dann endlich das erlösende Klingeln an der Tür. Aber, Halt! Würde die Polizei überhaupt klingeln? Was ist, wenn ich die Tür aufmache und dann stände der Stalker vor mir? Unschlüssig stehe ich auf und warte eine Sekunde. Kann ich vielleicht etwas hören? Ach nein, wie sollte ich auch? Wenn dann sind die Polizisten unten an der Haustür. Ich muss aus meinem Versteck raus und die Tür öffnen. Langsam Schritt für Schritt, mich immer wieder umblickend, ob er nicht aus einem der anderen Räume kommt, schleiche ich an den Eingang.

Flüsternd frage ich in die Gegensprechanlage:

„Wer ist da?" Es wurde nur ein ‚*Polizei, machen Sie die* Tür auf' gebellt.

Ein Glück, sie sind da. Auch wenn ich hoffe, dass es wirklich die Polizei ist, denn noch traue ich dem Ganzen nicht wirklich. Den ersten Impuls unterdrücke ich und reiße nicht die Wohnungstür auf. Ich warte bis sie davor stehen. Ein Raunen entgleitet mir, der eine Polizist ist der von heute Morgen, der mich zu Johann Gustavson befragt hatte. Schnell reiße ich die Tür auf und lasse beide herein.

„Wo ist der Eindringling?" Ich zucke hilflos mit den Schultern, denn obwohl ich auf jedes Geräusch gehört habe, kann ich ihn nicht orten. Unwirsch schiebt mich der Polizist von heute Morgen zur Seite und stampft in meine Wohnung herein. Zitternd lehne ich mich an die Wand. Gleich ist der Albtraum vorbei, gleich ist er geschnappt. Die Minuten ziehen sich endlos wie Kaugummi. Dann wieder der griesgrämige Polizist.

„Hier ist niemand, kann es sein, dass Sie uns auf den Arm nehmen wollen?"

Niemand? Das kann doch nicht sein, aber die Badewanne ...

„Es war Wasser in der Badewanne."

Die jüngere Polizistin, die hinter dem Griesgram steht, hebt die Augenbraue.

„Da war kein Wasser drin, Frau Pekut."

Kein Wasser? Das habe ich mir doch nicht eingebildet. Er muss also noch das Wasser rausgelassen haben, ehe er gegangen ist. Aber dann hätte ich ihn hören müssen. Nur habe ich nichts gehört, auch nicht das Wasserrauschen. Ich muss es mit meinen eigenen Augen sehen. Ich schiebe mich mit meiner letzten Kraft an den Polizisten vorbei und gehe ins Badezimmer. Langsam rutsche ich auf den Boden. Es stimmt, kein Wasser in der Wanne. Ich blicke mich um, aber das Fenster ist zu. Wie kann er rein- oder rausgekommen sein?

„Frau Pekut, vielleicht sollten Sie einen Psychologen aufsuchen?" Wieder dieser schreckliche Beamte. Er glaubt wirklich, dass ich verrückt bin? Nein, das bin ich nicht, ich weiß doch, was ich gesehen habe!

Oder?

Nein, ich schüttele meinen Kopf, ich bin mir sicher.

„So, Frau Pekut, wir gehen dann wieder, hier können wir nichts machen, außer Ihnen raten, dass

Sie zu einem Arzt gehen. Trinken Sie einen Tee und beruhigen Sie sich. Sollten Sie noch mal so eine Erfahrung machen, können Sie uns gerne anrufen."

„Noch einmal? Ich wurde schon einmal gestalkt. Der Kerl ist sogar verurteilt worden. Was ist, wenn er wegen guter Führung entlassen wurde?" Meine Stimme überschlägt sich beinahe.

Dieses Mal dreht sich die Polizistin um.

„Das können wir nachprüfen. Geben Sie uns den Namen und dann schauen wir weiter."

Meine Erleichterung, dass sie mir wohl doch glauben, hält nicht lange.

„Jake Russel, er ist im Staatsgefängnis von New York City."

„Oh, Amerika, nein, da haben wir leider nicht so leicht die Möglichkeit, aber wenn Sie uns morgen das Urteil zur Wache bringen, dann können wir schauen, ob wir etwas in Erfahrung bringen können." Das Gesicht der Polizistin ist wieder hart.

Aber der werde ich es morgen beweisen, dass ich nicht lüge. Nein, nicht morgen, genau jetzt, denn ich weiß genau, wo das Urteil ist.

„Warten Sie."

Schnell laufe ich ins Schlafzimmer, keiner weiß von dem Safe. Den habe ich einbauen lassen, als ich hierhergezogen bin. Das sollte mir doch helfen.

Ein Blick auf das Bild von mir, das einzige, was in meiner Wohnung von mir hängt, zeigt mir, dass es unberührt ist. Ich habe seit Wochen keinen Staub mehr gewischt. Schnell ist der Safe geöffnet und oben auf den Unterlagen liegt das Urteil. Es ist zwar nicht auf Deutsch, aber es ist leicht erkennbar, dass ich die Geschädigte bin und Jake Russel der Angeklagte.

„Bitte sehr. Sie können es gleich mitnehmen, ich hole es morgen ab."

Meine Hände beben, als ich das Schriftstück dem Beamten gebe. Auch wenn er weiter weg von mir steht als die Beamtin, will ich es ihm geben. Er muss mir einfach glauben. Wieso weiß ich zwar nicht, aber es ist mir besonders wichtig. Heute Morgen schon hatte ich das Bedürfnis, ihn anzuschreien. Jetzt habe ich wenigstens den Beweis, dass er zu Unrecht denkt, dass ich irre bin.

„Ich schaue mir das morgen an, bitte kommen Sie morgen Nachmittag auf die Wache und holen Sie sich das wieder ab." Wieso wirft er nicht einmal einen Blick auf das Papier in seiner Hand, am liebsten würde ich hinter ihm herrennen, doch das wird nichts bringen. Dieser Mann ist so von sich und seiner Meinung eingenommen, dass ich mir sicher bin, gegen Windmühlen zu kämpfen.

„Ich wünsche ihnen noch einen schönen Abend." Welche Ironie dieser Kerl von sich lässt. Wie soll ich hier in meiner Wohnung eine ruhige Nacht verbringen?

11. Kapitel

Die Nacht war verdammt kurz. Immer wieder bin ich vom Sofa aufgesprungen und habe alle Fenster und Türen überprüft. Irgendwo und irgendwie muss er doch reingekommen sein. Als die Polizisten gegangen waren, bin ich sofort in das Badezimmer, um mir die Badewanne genauer anzusehen. Sie war fast trocken, bis auf ein paar kleine Stellen am Ablauf. Wieso haben die da nicht drauf geachtet? Erst nach vier bin ich für einen kurzen Moment eingeschlafen und mit einem großen Schrecken gegen halb sechs wieder wachgeworden. Ich war mir sicher, dass es im Haus einen lauten Rums gegeben hat. Schnell springe auf und laufe an meine Wohnungstür. Doch das Einzige, was ich höre, ist der Nachbar von unten, der nach seiner Katze ruft. Wie oft ist dieses Vieh schon ausgebüxst? Mein Herzschlag dröhnt so laut in meinen Ohren, dass ich es kaum aushalte. Für mich ist klar, auch wenn ich heute etwas länger im Bett bleiben könnte, die Nacht ist vorbei. Einen Kaffee, eine Dusche und dann geht es los zur Arbeit. Wenn ich nachher zur Polizei will, muss ich heute vorarbeiten, damit ich nicht noch meinen Job verliere.

Oje, aber so kann ich nicht hinaus. Der Blick in den Spiegel verrät mir, dass ich wie der Tod auf zwei Beinen aussehe. Ich muss mich heute doch mal schminken.

Suchend schweifend meine Augen durch den immer ordentlich aufgeräumten Raum. Ich hasse es, wenn ich Dinge suchen muss. Doch meine Schminktasche ist nirgendwo zu sehen. Ich bin mir sicher, gestern lag sie noch rechts neben dem Waschbecken auf der Ablage. Da wo sie immer liegt, seitdem ich hier eingezogen bin. Das kann doch nicht wahr sein! Hat der Stalker sie mitgenommen? Was will er damit? Unterwäsche, so wie es Jake damals gemacht hatte, kann ich ja noch verstehen, da ist ja mein Geruch dran. So hatte er es zumindest erklärt, aber Schminke? Vielleicht habe ich sie doch in den Schrank gelegt, da ich mich schon seit drei Monaten nicht geschminkt habe?

Aber auch da ist sie nicht. Wo habe ich sie nur hingelegt?

Mit schnellen Schritten bin ich in meinem Schlafzimmer, habe ich sie da? Mit Schwung öffne ich meinen Kleiderschrank und reiße alles heraus. Doch da ist nichts.

Auf und in den Nachtschränken auch nichts. Verdammt, wieso ist mir das gestern nicht schon aufgefallen? Vielleicht hätten mich die Polizisten dann ernster genommen. Aber dieser Beamte, der war so griesgrämig, vermutlich hätte es keinen Unterschied gemacht.

Nervös gehe ich auf und ab. Sollte ich kündigen und weggehen? Vielleicht würde der Stalker mich dann nicht mehr verfolgen. Doch das hatte schon damals nicht geholfen. Jake konnte auch nur durch die Polizei gestoppt werden. Aber die amerikanische Polizei scheint mir härter zu sein, als die deutsche. Die hätten mich vermutlich besser geschützt und vor allen Dingen: Sie hätten mir geglaubt!

„Sei keine dumme Kuh, was hätten sie denn machen sollen?", schimpfe ich mit mir selbst.

Außerdem, wenn ich jetzt kündige, hat das Schwein gewonnen, er hat mich schwach gemacht. Ich straffe meine Schultern und atme tief ein und aus. Dem werde ich es zeigen. Er wird genauso wie Jake in den Knast müssen. Während ich mir das einrede, kämme ich mir fest die Haare. Ich drehe sie zu einem Dutt ein und mit Haarklemmen stecke ich ihn fest. Auf dem Weg zur Arbeit werde ich mir beim *Marktkauf* etwas zum Schminken kaufen und damit den Rest der Spuren der letzten Nacht auf meinem Gesicht beseitigen.

Vor meiner Haustür steigt mir Rauchgeruch in die Nase. Vermutlich brennt es irgendwo. Doch je näher ich der Alten Holstenstraße komme und damit auch näher zu meiner Arbeit, wird er stärker. Es wird kein guter Arbeitstag werden, denn so kann ich keine Fenster öffnen. Der Gestank ist ja kaum auszuhalten. Die Augen beginnen zu tränen . Das ist kein kleiner Brand, der das verursacht.

Ich bin froh, dass ich endlich im Laden bin. Die haben alle Türen so eingestellt, dass nichts offen ist, vielleicht ist da der Geruch nicht vorhanden.

Im *Marktkauf* höre ich zwei ältere Damen miteinander tuscheln.

„Das ganz neue Bürogebäude. Mensch, das ist doch noch keine zwei Jahre alt."

Ein Bürogebäude, das so jung ist, da gibt es nicht viele hier in der Gegend.

Aber wie hoch ist schon die Wahrscheinlichkeit, dass es genau das Bürogebäude ist, in dem sich unser Callcenter befindet?

„Ich habe sogar gehört, dass der Sicherheitsmitarbeiter nicht mehr rausgekommen ist."

Verdammt, die sprechen von unserem Büro. Auf einmal bin ich mir hundertprozentig sicher. Wir haben einen Sicherheitsdienst und soweit ich weiß, sind wir da die einzigen in Bergedorf, außer die Arbeitsagenturen. Doch die liegen nicht in Windrichtung. Ohne auf die umstehenden Menschen zu achten, renne ich hinaus. Links herum die Alte Holstenstraße runter und dann sehe ich es auch schon. Überall stehen Löschfahrzeuge. Einige spritzen noch Wasser auf die Ruine, die gestern noch mein Arbeitsplatz war. Sogar der Starke steht davor und schüttelt nur noch traurig den Kopf. Das erste Mal, dass ich ihn verzweifelt sehe, und in mir steigt Mitleid mit diesem Mann auf, der sonst ein Tyrann ist.

„Herr Starke?" Leise trete ich an ihn heran. Mit leeren Augen und grauer Haut dreht er sich zu mir um. Kurz leuchten seine Augen auf und dann sind sie wieder leer.

„Frau Pekut, es ist alles verloren." Seine Worte klingen gepresst und ich sehe ihm an, dass er nicht mehr sagen kann. Wie soll ich nur mit dieser Situation umgehen?

„Was ist genau passiert?" Vielleicht kann er mir

die Frage ja beantworten, als von hinten eine Stimme mich aus dem Gespräch reißt. Wieso muss er genau hier sein? Es gibt so viele Polizisten.

„Ach, Frau Pekut, irgendwie sind Sie derzeit in allem involviert, was in Bergedorf passiert, oder?"

Es ist noch nicht einmal acht Uhr und der Polizist, der gestern Mittag auf der Wache und gestern Abend bei mir war, steht hinter mir. Hat er denn nie frei?

„Was wollen Sie damit andeuten?" Noch ehe ich darauf antworten kann, dreht sich Herr Starke zu dem Polizisten um. Doch dieser hebt nur abwehrend die Hand.

„Das kann uns nur Frau Pekut erklären."

Ich muss meine Wut gegen diesen Mann herunterschlucken. Wie kann er nur andeuten, dass ich irgendetwas mit dieser Tat zu tun habe. Dann fällt mir ein, dass die alten Frauen etwas über den Sicherheitsmitarbeiter gesagt hatten.

„Was ist mit dem Pförtner?" Sofort verengen sich die Augen von dem Beamten.

„Woher wissen Sie von dem Mann?"

Kann ich denn gerade nichts sagen, was gegen mich verwendet wird?

„Man redet sogar im *Marktkauf* über diese

schreckliche Tat."

Denkt er wirklich, ich hätte etwas mit dem Brand zu tun? Das kann man doch nicht wirklich glauben. Kann nicht so ein Haus einfach so brennen? Kabelbrand vielleicht, ich muss an den Raum denken, in dem der Pförtner immer saß. Sicher war das doch bestimmt nicht.

„Wie wäre es, wenn wir uns auf der Wache darüber weiter unterhalten, Frau Pekut?"

Wieso muss ich nun auf die Wache? Ich will aufbrausen, doch als ich die umstehenden Gaffer sehe, halte ich mich zurück. Wie sie hinter ihren vorgehaltenen Händen über mich lästern. Es ist mir ein Graus im Mittelpunkt des Geschehens zustehen.

„Frau Pekut, was hat das zu bedeuten?" Starke starrt mich mit großen Augen an. Leise erwidere ich:

„Das ist ein Missverständnis, das wird sich aufklären."

Innerlich bete ich, dass meine Worte sich bewahrheiten werden.

Drei Stunden später darf ich die Wache wieder verlassen. Immer wieder wurde ich nach Johann und dem Brand befragt. Die Autopsieergebnisse waren in der Nacht auf den Schreibtisch des

Beamten gelandet. Rizin wurde genutzt.

Ich kannte bis eben Rizin nicht. Rizinusöl ja, das kennt jedes Model. Aber wenn ich höre, was dieses Gift mit Johann gemacht haben soll, steigen mir die Tränen auf. Das ist doch selbst für einen Verrückten nicht mehr normal.

Innerlich leide ich seinen Kampf mit. Es soll mit leichtem Erbrechen angefangen haben und dann übergegangen sein in Bluterbrechen. Riesige Stücke sollen es gewesen sein, die sich von seiner Magenwand abgelöst haben. Wollte der Polizist mich vielleicht nur schockieren? Wenn ja, war er erfolgreich.

Die Ärzte im Krankenhaus haben alles versucht, doch sie konnten nur noch die Schmerzen lindern. Seine arme Familie. Der Hessler, wie ich auf seinem Namensschild lesen konnte, erzählte mir, dass Johanns Mutter in die Psychiatrie eingewiesen wurde. Wie gut konnte ich sie verstehen. Es ist vermutlich meine Schuld, dass er tot ist.

Doch sollte das wirklich mein Stalker gewesen sein mit dem Brand? Dann ist es nicht nur so, dass ich Johann auf dem Gewissen habe, nein, auch den netten älteren Pförtner unseres Bürogebäudes. Vermutlich wurde er eingekesselt vom Rauch und vom Feuer und kam nicht mehr aus dem Gebäude heraus.

Wie grausam doch das Ganze ist, so unwirklich.

12. Kapitel

Wie wunderbar die Flammen ihren Tanz vollführten. Liebste Claire, ich habe dich von deiner Arbeit befreit. Du wirst dir auch keine Gedanken mehr wegen deines Chefs machen müssen. Er ist ruiniert. Eigentlich wollte ich diesen Störenfried von deinem Kollegen mit entsorgen. Doch ich konnte nicht mehr länger darauf warten. Ich wollte ihn erst an einen Stuhl fesseln, liebste Claire. Mit dem Gesicht zu einer Kamera, damit ich sehen kann, wie sich die Flammen langsam an ihm nähren. Sie sollten gemächlich an seinen Beinen hochtanzen, er hätte dann vor Schmerzen geschrien. Eine wunderschöne Melodie in meinen Ohren und was für ein toller Anblick.

Doch ich konnte dich nicht länger leiden sehen. Es tut mir ein wenig leid um den alten Mann. Er sollte sich eigentlich, als das Feuer ausbrach, auf dem Weg zu *McDonalds* befinden. Wusstest du, Claire, dass er sich immer unerlaubt morgens gegen sieben Uhr dorthin begab? Vielleicht ist das ja auch seine Strafe, oder was meinst du? Ich weiß doch genau, wie sehr du es hasst, wenn jemand seine Aufgaben nicht hundertprozentig erledigt.

Ich verspreche dir, liebste Claire, ich werde stets nur das machen, was du willst und ich halte immer meine Versprechen. Ich bin nicht wie die anderen Männer, liebste Claire.

Wie oft haben sie dir gesagt, sie holen dir die Sterne vom Himmel? Aber hat es auch nur einer von ihnen getan? Nein, das hat keiner. Sie waren ja nicht einmal in der Lage, dir richtig in die Augen zu sehen. Das wäre bei mir ganz anders. Ich verspreche dir zwar nicht, die Sterne vom Himmel zu holen, doch ich würde dir einen Stern kaufen. Ich habe schon einen ausgesucht, Claire, man kann ihn vorzüglich aus deinem Fenster sehen. Als du Angst hattest und du dich verstecktest vor mir, da habe ich aus deinem Schlafzimmerfenster geschaut. Er schien hell. Wieso hattest du Angst, Claire? Ich wollte dir etwas Gutes tun. Die Badewanne war genau richtig temperiert. Ich wollte dir doch eine Freude machen. Aber nein, du hast da einfach die Polizei gerufen. Claire, du machst dich doch selbst unglaubwürdig.

Denkst du etwa, dass die wirklich glauben, ein Einbrecher würde dir Badewasser einlassen?

Du fragst dich, wie ich an deinen Schlüssel gekommen bin? Das ist nicht so einfach, da hast du recht. Dieses kleine Geheimnis, meine liebe Claire, behalte ich für mich. Sei immer auf der Hut, meine Geliebte, denn ich liebe dich und verehre dich, aber was wäre, wenn da einer daherkommt, der es nicht gut mit dir meint?

Du willst doch nicht so leiden, wie Frank es nachher wird. Ich habe das Messer schon geschliffen. Aus bestem 440er Edelstahl ist es, meine liebe Claire, er wird nicht lange leiden, auch wenn er es verdient hätte.

Noch bin ich unschlüssig, vielleicht kannst du mir ja helfen. Soll er länger leiden oder soll er schnell sterben? Wenn er schnell sterben soll, werde ich meine blitzende Klinge einen Zentimeter unter seinem Ohr ansetzen und langsam von rechts nach links ziehen. Wenn ich dem Internet Glauben schenken darf, dann ist das eine schnelle und sanfte Art des Tötens. Die Opfer röcheln möglicherweise einmal auf und das war's. Ja, es fließt wohl noch länger Blut, da das Herz noch einige Zeit schlägt. Aber die Schmerzen sind sofort weg. Oder aber soll ich ihn für seine Einmischung in unsere Sache richtig leiden lassen?

Da habe ich mir überlegt, ihn auf einen Tisch zu fesseln. Er ist ja schon groß und schwer, aber das sollte ich doch hinbekommen. Ich werde ihn einfach ein wenig betäuben, was hältst du davon? Wenn er dann wach wird, werde ich sein hässliches T-Shirt, hast du bemerkt, er trägt fast immer das gleiche T-Shirt, aufschneiden. Ich hoffe ja, er hat mehrere davon, ansonsten stinkt er bestimmt. Wenn dann seine Brust, wie ich mich vor dem Anblick ekeln werde, offen vor mir liegt, werde ich an einem Rippenbogen entlanggehen. An der rechten Seite am Ende seines Bogens, werde ich ansetzen, langsam bis zum Brustbein hochschneiden und dann wieder runter bis zum linken Ende der Rippen. Das nennt man Y-Schnitt, liebe Claire. Damit würde ich sogar dem Leichenbeschauer helfen. Denn so öffnet er auch die Leichen.

Den Schnitt würde er natürlich mitbekommen, außer er ist so ein Jammerlappen, wie ich fast befürchte. Dann werde ich die Haut zurückklappen und damit den Blick auf seine Rippen freilegen. Nun kommt der schwerere Teil der Arbeit. Denn ich will an sein Herz. Bei lebendigem Leibe werde ich es herausreißen. Wieso, fragst du dich? Das kann ich dir sagen. Er behauptet zwar, auf Männer zu stehen, und dass er diesen Michel so attraktiv findet, doch in Wirklichkeit will er nur eines: DICH.

Das, liebste Claire, lasse ich nicht zu. Er zieht dich immer wieder mit den Augen aus, dieses Schwein. Er will dich mir wegnehmen. Das ist kein guter Mensch. Die Frau eines anderen ist tabu, liebste Claire, diesen Leitsatz hat er missachtet. Wenn ich an seinem Herz bin, werde ich es mit der bloßen Hand herausreißen. Ich habe schon ein Glas mit Formaldehyd befüllt. Da werde ich es hineinlegen und auf meinen Schrank stellen. Denn er wird der Erste sein, dem ich beim Sterben zusehen werde. Das hat er verdient.

13. Kapitel

Verdammter Mist, wieso geht er denn nicht ans Telefon? Das achte oder neunte Mal versuche ich den Starke zu erreichen. Wie soll es denn nun weitergehen? Das Bürogebäude ist bis auf die Grundmauern niedergebrannt. Da ist nichts mehr. Nachdem ich die Wache verlassen habe, schaute ich mir den Ort des Geschehens noch einmal genauer an.

Selbst jetzt läuft mir bei dem Gedanken ein Schauer über den Rücken. Wie kann das jemand machen? Der arme alte Mann, seine Familie stand davor und sie hielten sich im Arm. Er hatte so süße Enkelkinder, höchstens drei Jahre alt. Sie verstanden gar nicht, was passiert war. Die Mutter der beiden drückte sie ganz fest an sich. Seine Frau saß selber im Rollstuhl. Sie wiederholte immer wieder: „Was soll nun aus mir werden? Er war doch alles für mich. Ich muss nun in ein Pflegeheim."

Bei jedem Mal, als sie es sagte, hoffte ich, die Tochter würde ihr widersprechen. Doch das geschah nicht. Wenn ich mir nicht selbst solche Vorwürfe machen würde, wäre ich zu ihr gegangen und hätte mein Beileid ausgesprochen. Was aber, wenn sie schon wussten, dass es mein Stalker gewesen war, der vermutlich den Brand hier gelegt hatte? Auch wenn er sich noch nicht dazu geäußert hat, fühlte ich, dass er es war. Dann würde sie auf mich sauer werden und das zu Recht.

„Was?"

Endlich nach dem zehnten Versuch geht er an sein Telefon.

„Herr Starke?" Meine Stimme ist zaghaft, schon alleine seine schlechte Laune sagt mir, dass es verdammt schlecht aussieht.

Bis jetzt dachte ich, wir werden ein neues Büro anmieten und es geht sofort weiter. Vermutlich bin ich da zu blauäugig rangegangen.

„Ich bin es, Claire Pekut, ich wollte nachfragen, wie es weitergeht, ob Sie da schon etwas wissen."

Ein Knurren und dann ist Stille in der Leitung. Die Sekunden vergehen, ohne dass er was antwortet. Ich lasse ihm die Zeit, ich bräuchte sie vermutlich genauso.

„Frau Pekut, was denken Sie wohl? Ich bin ruiniert, wenn es wirklich Brandstiftung war, dann werde ich vermutlich nicht mal etwas von der Versicherung bekommen. Sie sind alle gekündigt und Sie ganz im Speziellen." Was meint er damit, ich im Speziellen? Er kann doch nicht wirklich glauben, dass ich etwas damit zu tun habe.

„Aber ..."

„Papperlapapp, kein aber. Die Polizei hat Sie doch heute festgenommen. Wie kann es sein, dass Sie jetzt mit mir telefonieren können?"

Festgenommen? Das glaubt er wirklich? Wie kann er nur von mir so schlecht denken? Noch nie in meinem Leben habe ich etwas gemacht, was gegen das geltende Recht verstieß.

Auch damals nicht, als ich vor meinen Eltern geflüchtet bin. Jetzt muss ich erst einmal klarstellen, dass er im Unrecht ist.

„Herr Starke, das war keine Festnahme, es war eine Befragung." Ich kann meine Wut gegen diese Unterstellungen kaum unterdrücken.

„Frau Pekut, ich stand doch genau daneben und habe die Worte des Beamten mitangehört. Oder wollen Sie abstreiten, dass Sie in der letzten Zeit in Kontakt mit den Polizisten standen, und und das bestimmt nicht ohne Grund?"

Ach, das ist für ihn schon meine Schuld? Wieso bettele ich diesem Idioten eigentlich so an? Eine leise Stimme in mir antwortet darauf:

Weil du nicht das Geld von der Modelarbeit nutzen

willst und du einen Traum hast.

Ja, aber ich muss mich doch für diesen Traum nicht biedermännisch einschleimen, oder?

Wenn er mich kündigen will, soll er das machen, aber dann kann er sich sicher sein, dass ich mich wehren werde. Ich weiß, er ist versichert, denn ich sollte, kurz nachdem ich bei ihm angefangen habe, die Police für ihn abschließen. Die Wartezeit die man dort hat, dürfte gerade abgelaufen sein.

Verdammt, war er es vielleicht, weil er das Geld von der Versicherung erhalten will? Es fällt mir wie Schuppen von den Augen. Hat er das alles vielleicht inszeniert, um mich in Bedrängnis zu bringen?

„Frau Pekut, damit ist, denke ich, alles gesagt, oder?" Ich habe total vergessen, dass er noch in der Leitung ist.

Ohne ein weiteres Wort zu sagen, lege ich auf und lehne mich atemlos an die Wand. Sollte ich mich vielleicht an die Polizei wenden? Ich höre aber sofort die Stimme vom Hessler in den Ohren.

All das ist doch Unfug und sie wolle nur von sich ablenken.

Es ist fast so, als würde sich die ganze Welt gegen mich verschwören.

Die ganze? Nein, da ist ja noch Natalia.

Vielleicht kann ich sie ja erreichen. Ich brauche dringend jemanden zum Reden.

Doch bevor ich zum Handy greifen kann, um ihre Nummer zu wählen, höre ich scharrende Geräusche aus dem Schlafzimmer.

Er ist wieder da. Ich wusste doch, ich bin nicht irre.

Ich drehe mich um und will das große Messer aus dem Messerblock ziehen. Dieses Mal rufe ich nicht erst die Polizei. Die werden mir so oder so nicht glauben. Das regle ich ganz alleine.

Doch, wo ist es? Ich lass die Tür zum Schlafzimmer nicht aus den Augen. Er müsste ja da hindurch, wenn er die Wohnung wieder verlassen will. War er vielleicht sogar seit gestern da? Immerhin hatte ich nicht in meinem Bett geschlafen. Ich war nur noch kurz im Schlafzimmer, um die Tasche zu suchen. Wie konnte er sich da nur verstecken? Doch ich werde ihn dingfest machen und sei es das Letzte, was ich in meinem Leben tue.

Hektisch, und doch versuchend keinen Krach zu veranstalten, durchsuche ich die Schubladen nach dem Mistding. Ich sehe Metall aufblitzen, da ist es.

Ich atme tief ein. Ich umklammere das Messer fest mit der rechten Hand und gehe auf das

Schlafzimmer zu. Immer noch höre ich die Geräusche, er muss sehr hektisch sein. Ganz im Gegenteil zu gestern.

Was, wenn er bewaffnet ist, vielleicht mit einer Pistole? Aber von Jake wusste ich noch, dass er mir nicht wehtun wollte. Er wollte nur in meiner Nähe sein. Bestimmt ist das hier genauso.

Vorsichtig drücke ich die Klinke der Tür herunter. Ich hoffe, meine Wünsche stimmen, dass er mich nicht verletzten will. Vorsichtig blicke ich hinein.

Wieso ist das Fenster offen? Ich lasse nie das Fenster auf und gestern war es geschlossen, bevor ich die Polizei rief. Er muss es getan haben, nur wieso? Ich verstehe immer weniger, was gerade passiert und wie ich die Situation einschätzen soll. Ich sehe ihn nirgendwo. Durch das Fenster kann er doch nicht abgehauen sein. Wir sind im dritten Stock. Mein Schlafzimmerfenster geht zwar nach hinten hinaus, aber er hätte an zwei weiteren Wohnungen vorbeigemusst, dass würde doch auffallen, oder?

Langsam öffne ich die Tür noch weiter.

Da, eine Bewegung. Ich unterdrücke den Drang zurückzuweichen. Keine Schwäche zeigen, wiederhole ich immer und immer wieder innerlich. Mit einem Ruck reiße ich die Tür auf und dann fliegt etwas mir entgegen. Ich ducke mich und nur knapp verfehlt es meinen Kopf. Laut wie ein Rammbock pocht mein Herz. Verdammt, was war das?

Im Schlafzimmer kann ich meinen Angreifer nicht sehen. Aber irgendwer muss es doch mir entgegengeschleudert haben. Es reicht, ich will wissen, wer das ist.

Mit diesen Gedanken gehe ich in den Raum. Vermutlich hat er sich in einem meiner Schränke versteckt. Aber in keinem von ihnen finde ich jemanden. Das ist doch wie verhext. Ich schaue mich nach dem Wurfgeschoss um und dann muss ich schmunzeln.

Eine kleine süße Taube, die völlig verängstigt unter meinem Küchentisch sitzt, starrt mich an.

Tja, kleine Taube, wer hat wohl mehr Angst, du oder ich? Erleichtert, dass es dieses Mal kein Eindringling ist, lege ich das Messer auf den Tisch und versuche, den ängstlichen Vogel einzufangen. Gar nicht so einfach, denn er fliegt immer wieder hoch und drückt sich in die nächste Ecke. Erst mit Hilfe einer Wolldecke bin ich erfolgreich.

14. Kapitel

Claire, liebste Claire, sei bei mir.

Was war das für eine Stimme? Ich reiße meine Augen auf und suche mein Schlafzimmer ab, doch es ist dunkel und ich kann nichts erkennen. Mit einer Hand taste ich meinen Nachtschrank ab. Endlich finde ich den Lichtschalter. Ich blicke mich um. Nein, ich bin alleine im Zimmer. Vermutlich habe ich etwas geträumt, etwas was sich so real anfühlte.

Nach den letzten Tagen ist das kein Wunder. Erst Johann, dann der Brand und der schreckliche Todesfall des Pförtners. Ich müsste ein Unmensch sein, wenn mich das kalt lassen würde.

Ein Blick auf meinen Wecker sagt mir, es ist erst drei Uhr und ich kann noch weiterschlafen. Dann fällt mir das Gespräch mit Herrn Starke wieder ein. Ich muss morgen so oder so nicht aufstehen, denn er hat mir ja gekündigt. Und selbst, wenn er das nicht getan hätte, wäre ja kein Büro mehr dagewesen.

Also schnell das Licht löschen und dann kann ich weiterschlafen. Bis zur Mittagszeit habe ich mir fest vorgenommen.

Claire, wach auf, ich bin bei dir.

Verdammt, wieder diese Stimme, ich kann mir das doch nicht eingebildet haben. Ängstlich setze ich mich in meinem Bett auf, drücke auf den Lichtschalter und suche das Zimmer mit meinen Augen ab. Vielleicht doch im Schrank? Kann ich es wagen zu schauen? Ich habe nichts in Griffweite, um mich gegen einen Angreifer zu wehren. Aber ich kann auch nicht einfach liegenbleiben und nichts tun.

Nein, ich werde nicht auf die Suche gehen. Ich hole aus der Schublade mein Handy raus. Glücklicherweise habe ich noch Restakku. Das hat die Polizei zu erledigen.

„Pekut, bitte kommen Sie her, hier ist einer in meiner Wohnung." Ob sie mir glauben? Vielleicht stehe ich ja in deren Computer unter absolut irre. Doch der Beamte stellt nur noch die Frage nach meiner Adresse und spricht beruhigend auf mich ein. Ich soll versuchen, die Tür zu öffnen. Es wäre innerhalb kürzester Zeit jemand da. Ein Glück, meine Sorgen, nicht ernst genommen zu werden, sind unbegründet.

Wieso es mich in die Küche an meinen Messerblock zieht, in den ich das große Messer gestern Abend nach dem Vorfall mit der Taube wieder hineingesteckt hatte, weiß ich nicht genau.

Claire, hab keine Angst ich werde dich weiter beschützen. Niemand wird dir zu nahe kommen. Ich bin dein und du bist mein, unser gesamtes Leben lang.

Verdammt, es soll aufhören! Ich werde von niemanden die Seinige werden. Es muss aufhören.

Ich halte mir die Ohren zu. Dabei merke ich, wie das Metall der Klinge an meine Haut kommt. Vielleicht würde es ja helfen, wenn ich mich töte. Dann sind die anderen in Sicherheit und ich hätte endlich meine Ruhe vor dem Stalker. Wenn er sich doch wenigstens einmal mir zeigen würde. Es würde so viel erleichtern. Ich wüsste, mit wem ich es zu tun habe und ich wäre mir sicher, nicht langsam den Verstand zu verlieren.

Wie komme ich darauf, es würde mir etwas erleichtern? Ich bin mittlerweile so weit, dass ich nichts mehr weiß. Die Angst, es könnte jemand sein, der mir nahesteht, ist wie eine Fessel. Frank oder jemand anderes aus der Firma. Ich habe zu niemanden Kontakt außer zu den Kollegen und Natalia. Aber meine beste Freundin ist derzeit in Mailand, sie läuft auf der Fashionweek. Sie ist gerade jetzt nicht einmal für mich zu sprechen.

Es wäre bestimmt nicht passiert, wenn ich noch, wie mein Manager es mir geraten hatte, weiter im Business wäre.

Ist er es vielleicht sogar? Ist das seine Art, mich wieder ins Geschäft zu bringen? Nein, sofort schüttele ich meinen Kopf. Er war zwar traurig und die Agentur hätte mich gerne behalten, doch sie sind professionell genug, um zu wissen, dass dies nicht der Weg wäre, mich zurückzuholen. Außerdem waren sie es, die mit mir am meisten gelitten hatten, als Jake mich damals verfolgte.

Claire, ruf die Polizei an. Sie sollen nicht kommen, denn wir beide wollen doch alleine sein.

Verdammt, hör auf. Ich will dich nicht bei mir haben. Ich dränge mich in die Ecke neben der Eingangstür. Bald müssen sie doch da sein. So weit ist es nicht von der Wache bis zu mir. Habe ich mich vielleicht doch zu sehr in Sicherheit gewogen? Haben sie nur gesagt, dass sie kommen, aber in Wirklichkeit haben sie das gar nicht vor?

Claire, bitte komm zu mir.

„Verdammt, verschwinde, lass mich in Ruhe, ich kenne dich nicht einmal!" Mit wem rede ich da nur? Ich sehe niemanden und die Stimme kommt von irgendwoher, aber woher?

Ring, Ring, Ring

Endlich, sie sind doch gekommen, sofort öffne ich schwungvoll die Tür. Was dann passiert, ist ein wahrer Albtraum.

Zwei Beamte stehen vor meiner Tür. Kaum habe ich sie geöffnet, zieht der hintere eine Waffe und der zweite geht zur Seite.

„Fallen lassen! Lassen Sie das Messer fallen!"

Entgeistert blicke ich die beiden an. Was wollen die von mir?

„Jemand ist in meiner Wohnung, ich höre seine Stimme, bitte helfen Sie mir."

„Wir helfen Ihnen, wenn Sie endlich das Messer fallenlassen."

Wovon redet er denn. Dann bekomme ich einen Schlag auf meine Hand, die sich dadurch öffnet und das krampfhaft festgehaltene Messer fällt mit einem Klirren auf den Boden. Nur um Haaresbreite an meinem Fuß vorbei. Laut jaule ich vor Schmerzen von dem Schlag auf. Was ist nur los? Sie sollen mir doch helfen aber stattdessen zerrt mich der jüngere der beiden Beamten auf den Boden und drückt mir seinen Fuß in den Rücken.

Solche Schmerzen habe ich noch nie in meinem Leben verspürt.

„Bitte ..." Ich kann nicht weitersprechen. Aus den Augenwinkeln sehe ich, wie die Türen meiner Nachbarn aufgehen. Oh Gott ich bin mitten im Rampenlicht. Das wollte ich doch nie wieder. Die Fußspitzen der Stiefel vom zweiten Beamten bewegen sich von mir weg. Kann man mich nicht auch in die Wohnung bringen? Wieso liege ich hier unten? Ich bin das Opfer. Man kann doch nicht so mit mir umgehen. Die Gedanken rasen nur so durch meinen Kopf.

„Bitte, ich habe Sie angerufen, in meiner Wohnung ist jemand." Endlich schaffe ich es die Worte herauszubekommen, auch wenn ich das Gefühl habe, ich stöhne nur herum. Aber die Schmerzen sind auch immens.

„Da ist niemand."

Auch wenn ich ihn nicht sehen kann, vermute ich, dass der zweite Beamte wieder die Wohnung verlassen hat.

„Frau Pekut, wir wurden informiert, dass Sie schon mehrmals unnötigerweise den Notruf alarmiert haben."

„Einmal!"

Ich bin empört über diese Unterstellung und verdränge so gut ich kann die Schmerzen.

„Und da war auch jemand in der Wohnung. Ihre Kollegen haben nicht geschaut, ob die Wanne trocken war."

Am Wackeln des Beines spüre ich, dass der Polizist, der auf mir draufkniet, den Kopf schüttelt.

„Verdammt, meinen Sie, ich rufe Sie zum Spaß an?" Die müssen doch auch wissen, dass das keiner macht. Oder etwa doch? Nie wäre ich auf so eine Idee gekommen. Wieso auch? Dann wäre ich ja noch mehr im Gespräch, als mir lieb ist.

„Frau Pekut, hier ist aber niemand, woran machen Sie das denn fest."

Langsam lockert der Beamte über mir den Griff und steht sogar auf. Ob ich aufstehen darf, ich versuche es, doch ich bemerke jetzt erst, dass meine Hände auf dem Rücken gefesselt wurden. Die denken wirklich, ich hätte etwas falsch gemacht.

„Wieso haben Sie mich gefesselt?" Mir geht die Hutschnur hoch und ich drehe mich auf die Seite und beginne wie wild, um mich zu treten.

Ich merke, wie mein Bein gegen etwas Hartes und doch Nachgiebiges prallt. Vermutlich habe ich einen der beiden Polizisten getroffen.

Noch während mir das passiert, weiß ich schon, dass es ein Riesenfehler war und den ich noch bereuen werde.

Der Polizist, der eben schon auf mir saß, drückt mir sofort sein Knie in den Rücken und zieht meine Hände hoch. Ich jaule wie ein kleiner Hund vor Schmerzen auf. Angst überwältigt mich, denn mir wird schwarz vor Augen. Wieso habe ich mich nicht zusammengerissen? Ich hätte nur einige Minuten warten müssen, dann wären sie weg. Sein Kollege geht mit auf die Knie und dann zerren mich beide vom Boden hoch. Ich bin mir sicher, dass ich gleich in Ohnmacht falle, so stark sind meine Schmerzen. Die Minuten zogen sich endlos lang. Immer wieder wünschte ich mir, dass ich doch ohnmächtig werden würde. Dann müsste ich nicht mitbekommen, wie alle mich anstarren und hinter uns hertuscheln. Nie wieder kann ich in meine Wohnung zurückkehren.

15. Kapitel

Liebste Claire, ich verstehe dich nicht. Habe ich dir nicht deutlich gesagt, dass du keine Angst haben musst? Ich bin doch bei dir und ich liebe dich, wie nie ein anderer es tun wird.

Bitte vertrau mir. Ich habe dir doch noch nie etwas getan. Was habe ich falsch gemacht?

Da ich gestern Nacht bei dir war, konnte ich mich nicht um Frank kümmern.

Aber nun muss ich einen Weg finden, dich zu schützen. Sie haben dich in eine Zelle gesteckt, da kann ich nicht bei dir sein, ist dir das eigentlich klar, liebste Claire?

Wolltest du das etwa? Oder hast du nicht nachgedacht? Ich vermute ja eher das Zweite. Du denkst öfters nicht nach, Claire. Oder wie kannst du dich mit solchen Männern einlassen.

Ich hoffe, du kannst bald wieder nach Hause, liebste Claire, damit ich dich beschützen kann. Das ist meine Aufgabe und ich liebe diese Aufgabe.

Und ich weiß immer ganz genau, wann du wo bist. Das ist dir nur noch nie aufgefallen, liebste Claire. Seit Jahren schon bin ich immer bei dir. Immer im Hintergrund, doch das wird sich ändern, liebste Claire. Nein, ich bin schon dabei, dass ich es ändere. Wie wunderbar, oder, liebste Claire?

Aber heute werde ich mir Frank vornehmen. Er muss ja nicht arbeiten und dieser Michel, der angeblich sein Freund sein soll, ist so oder so zu dumm für diese Welt. Er wird nun leiden.

Es dauert nicht lange und ich finde ihn. Die Personalakten sind wunderbar. Danke, dass du sie in so einem einfachen Schrank aufbewahrt hast.

Ich sehe ihn schon, er ist beim Brötchenkauf. Wer gerade seinen Job verloren hat, sollte lieber Brot essen und nicht so verschwenderisch leben oder was denkst du?

Du bist so genügsam geworden. Deine Zeiten, in denen du für alles Mögliche Unsummen an Geld ausgegeben hast, sind vorbei. Was machst du nur mit deinem Ersparten? Ich hoffe doch nicht, dass du vor mir flüchten willst.

Da ist er wieder, er verlässt die Bäckerei. Ich muss aufpassen, denn wer weiß, wo er hin will.

Der Johann, der hatte es mir ja direkt gesagt. Sollte ich ihn auch fragen? Er kennt mich ja nicht, er hat mich noch nie zuvor gesehen und wenn seine Aussage wegen seiner sexuellen Neigung stimmt, dann bin ich für ihn völlig uninteressant.

Aber etwas hält mich ab. Was das ist, kann ich dir gar nicht sagen. Vielleicht die Sorge um dich. Ich weiß zwar, wo du bist, aber nicht, wie es dir geht. Das ist seit Jahren nicht mehr der Fall gewesen. Ich habe Angst um dich. Vielleicht ist Frank ja auch unwichtig. In meiner Hand, welche in meiner Jackentasche steckt, spüre ich das Messer. Das Metall ist so schön kühl und dabei fest. Ich hatte es heute Morgen nochmal schön saubergemacht. In der anderen Tasche habe ich eine Spritze mit einem leichten Beruhigungsmittel. Ich will ja, dass die Aktion nicht so auffällt.

Meine Entscheidung ist gefallen, denn er geht in eine kleine Seitenstraße. Beim Arbeitsamt, na, wenn das nicht passend ist, liebste Claire. Ich werde der Arbeitswelt einen freien Platz zurückgeben. Den von diesem Typen. Was fandest du nur an ihm? Er ist so lang und spargelig. Das ist doch gar nicht dein Typ. Hast du mit der Beendigung deiner Arbeit als Model auch deinen Geschmack abgegeben?

Da, er steht vor der Tür, vor seiner Wohnung. Nette Wohnungen sollen das ja sein mit Wintergärten, oder wie man es heute so nennt. Ich finde, es sind einfach verglaste Balkone. Es ist meine einzige Chance, ihn mitzunehmen. Und ich weiß auch schon wie. Du erinnerst dich vielleicht an mein altes Auto, liebste Claire. Wie oft ist es stehengeblieben.

„Entschuldigen Sie?" Oh, wie bin ich außer Atem, ich sollte dringend wieder mehr Sport treiben.

Er dreht sich zu mir um und sofort weiß ich, was dir an ihm gefallen könnte. Ja, er hat wirklich hübsche Augen. Aber drumherum sind schon Falten, fast so tief wie die San-Andreas-Verwerfung.

„Ich habe ein Problem mit meinem Auto könnten Sie mir vielleicht helfen?" Wie verdattert er doch blickt. Es ist traurig, aber ich vermute fast, er will mich stehenlassen, doch dann stellt er die Brötchentüte auf dem Boden ab und folgt mir.

Ach, wie schön einfach man einen Mann überzeugen kann, zu helfen. Er fragt nicht einmal nach, was mit dem Wagen ist, sondern läuft wie ein Dackel hinter mir her. Ich verstehe nicht, wie man diese Art von Mann toll finden kann. Aber du hast dich immer nur für sie interessiert, immer wenn wir geredet haben, ging es um sie.

Keine hundert Meter von seiner Wohnung entfernt drücke ich ihm die Spritze mit dem Betäubungsmittel in den Arm. Es ist nicht viel, liebste Claire, wir wollen ja, wie ich schon sagte, nicht auffallen.

Er ist nur soviel betäubt, dass er, ohne reden zu können, das macht, was ich von ihm will. Mein Auto steht nicht weit von hier. Ich habe dir mein neues Auto ja nie gezeigt, liebste Claire. Du hast immer gedacht, ich bin nur kurz in der Stadt und würde dann wieder wegfliegen. Aber nein, liebste Claire, seit drei Wochen bin ich nun für immer in deiner Nähe. Ich werde dich nicht verlassen, und ich werde dir nicht erlauben, dass du mich verlässt.

Ich muss aber sagen, dein Frank ist härter im Nehmen als dein Johann. Er hat es nicht mal gemerkt, dass ich ihm eine Spritze gesetzt habe. Kein Schreien, nichts. Aber das hätte auch nicht geholfen. Hier ist niemand. Aber es war vielleicht wirklich nicht ausreichend von mir durchdacht. Was wäre gewesen, wenn er es gemerkt hätte? Doch darüber werde ich mir keine Gedanken mehr machen. Nun werde ich ihn in die Garage bringen. Du kennst sie ja gar nicht, liebste Claire. Aber da werde ich ihn töten. Ich habe mich übrigens für das Rausschneiden des Herzens entschieden. Vielleicht schenke ich es dir sogar. Du magst doch gerne Herz, oder, liebste Claire?

16. Kapitel

Die Zelle ist eng und stinkend. Seit Stunden hält man mich hier fest. Ich verstehe nicht, was los ist. Wieso hat man den Eindringling nicht gefunden? Ich bin nicht irre und habe mir das nicht eingebildet. Wenn die Stimmen nur in meinem Kopf wären, dann würde ich sie ja auch hier hören, oder?

Was für Gedanken habe ich bloß? Ich war doch noch nie so wenig von mir selbst überzeugt, oder? Ich weiß, dass ich nicht verrückt bin, und genau das werde ich jetzt auch den Polizisten sagen, sie können mich doch nicht ohne Grund hier drin lassen. Nicht einmal meine Uhr durfte ich behalten. Die Schuhe nur deswegen, wie der junge Polizist großspurig meinte, da sie keine Schnürsenkel hätten.

Haben die eigentlich kein Mitleid? Ich bin das Opfer, und das werde ich denen nun klarmachen.

Mit der Faust hämmere ich gegen die Tür. Wieso gibt es hier nicht so etwas wie eine Klingel? Wenn man so auf sich aufmerksam machen muss, sieht das wirklich nicht gut für einen aus. Aber das soll mir jetzt egal sein.

„Hallo, ich will mit einen von Ihnen da draußen

reden." Wie blöd ich mich fühle, aber es muss weitergehen. Ich will hier raus!

„Hallo." Nun nehme ich beide Fäuste. Was wäre, wenn es mir hier drin schlecht werden würde? Und es kommt keiner, verdammt, das können die doch nicht mit mir machen. Wir leben in einem Rechtsstaat und nicht in einer Diktatur, in der man wegen eines falschen Wortes für immer verschwindet.

„Was?"

Gerade als ich wieder anfangen will, gegen die Tür zu donnern, höre ich, wie ein Riegel an meiner Tür weggeschoben wird.

Endlich kommt jemand.

„Ich will hier raus. Sie können mich doch nicht für ewig hier festhalten."

Wieso lächelt der Polizist mich so komisch an? Das ist alles, nur nicht lustig, und wenn er so weitermacht, werde ich seinen Vorgesetzten verlangen. So geht man nicht mit unschuldigen Bürgern um. Immerhin bezahle ich ihn von meinen Steuern. Schnösel!

„Frau Pekut," noch ehe ich etwas sagen kann, beginnt er mit seiner tiefen und recht angenehmen Stimme auf mich einzureden.

„Wir wollen Sie ja nicht unnötig hier festhalten, aber erinnern Sie sich noch an gestern?"

Wie sollte ich mich nicht an gestern erinnern? Das war der schlimmste Tag meines Lebens. Ich habe den Job verloren und Stimmen in meiner Wohnung gehört. Nein, nicht Stimmen, nur eine einzige. Die, die mir helfen sollten, haben es vorgezogen, mich festzunehmen. Widerstand gegen die Staatsgewalt oder so haben sie es genannt. Dabei hatte ich das Messer nicht gegen die Polizisten erhoben, sondern wollte nur, für den Fall der Stalker kommt, mich verteidigen.

Was wäre gewesen, wenn er mich angegriffen hätte?

Aber wären deren hanebüchenen Anschuldigungen nicht schon schlimm genug gewesen, deuten sie auch noch an, ich wäre nicht mehr ganz bei Sinnen.

„Herr Hessler kommt gleich zu Ihnen und wird alles Weitere mit Ihnen besprechen."

Sein Lächeln soll mich wohl beruhigen. Aber gerade auf diesen Hessler habe ich keine Lust. Nein, das trifft nicht mal annähernd das, was ich denke. Ich will ihn nie wiedersehen. Er hat mich in diese Scheiße geritten.

„Ich will einen Anwalt haben." Wieso bin ich nicht schon eher darauf gekommen? Vielleicht, weil ich in Hamburg gar keinen habe? Meiner aus New York wird mir hier nicht helfen können.

„Das alles können Sie gleich mit Herrn Hessler besprechen." Damit will er wieder rausgehen.

„Aber ich habe doch Grundrechte, Sie verstoßen doch damit genau gegen diese!"

Ich will versuchen, ihn aufzuhalten, damit er mir zuhört und mich aus diesem Gefängnis befreit.

„Keine Sorge, die wahren wir schon."

So einfach kann er das sagen und gehen? Was ist das für ein Mensch?

Ich setze mich auf die Pritsche und schüttele den Kopf. Was mir immer geholfen hatte, war das Für und Wider meiner Handlungen zu diskutieren. Wie oft haben mich die Leute deswegen ausgelacht, aber mir hilft es.

Doch mir fällt nichts ein. Ich stehe auf und beginne nochmal alles von Anfang an vor mir aufzuzählen. Die Briefe, Johann und der Brand. Wer kann dafür verantwortlich sein? Doch mein Kopf fühlt sich wie ausgebrannt an. Mir fällt niemand ein.

„Frau Pekut?" Ich habe nicht mitbekommen,

dass die Tür geöffnet wurde. Der Hessler steht mit einem älteren Herrn im Raum.

Endlich, jetzt werde ich bestimmt gehen können. Doch irgendetwas lässt mich stutzig werden. Der Mann, der mit Hessler gekommen ist, hat eine Mappe in der Hand. So eine habe ich doch auf dem Schreibtisch von den Polizisten gesehen. Es sind die typischen grauen Mappen, die bei Behörden genutzt werden. Aber wieso hat er die in der Hand und nicht der Hessler? Vermutlich interpretiere ich zu viel hinein. Aber seltsam ist es dennoch, ich hatte immer gedacht, der Hessler lässt es sich nicht nehmen, die Wortführung zu haben.

„Frau Pekut, wollen wir uns nicht dort hinsetzen?" Mit einer Hand deutet er auf die Pritsche und den Stuhl, der in der Mitte des Raumes steht.

„Warum sollten wir das? Darf ich nicht gehen?"

Ich habe wieder diese Unsicherheit in meiner Stimme, verdammt, wieso nur?

„Mein Name ist Dr. Andreas Meister. Ich bin der diensthabende Psychologe für solche Fälle. Herr Hessler und seine Kollegen haben mich gebeten, ein Gespräch mit Ihnen zu führen."

Sofort springe ich auf. Spinnen die denn

vollkommen? Ein Nervenarzt, ich bin nicht verrückt, wenn die ihre Arbeit nicht machen, dann können sie mich nicht als geistig umnachtet dastehen lassen. Wo kommen wir denn hin, wenn die damit durchkommen?

„Ich bin nicht verrückt, Sie haben Ihre Arbeit nicht gemacht und nun wollen Sie mich wegsperren?" Ich greife nach dem Stuhl, doch ich komme nicht weit. Was ich nicht sehen konnte: Vor der Tür standen noch zwei weitere Polizisten, die mich nun mithilfe von Hessler zu Boden werfen und mir wieder diese verhassten Handschellen anlegen. Ich kann mich nicht dagegen wehren. Die drei sind so stark, dass ich keine Chance habe. Schmerzen durchfluten meinen Körper, Tränen schießen mir in die Augen. Nur unter größter Mühe kann ich einen Aufschrei unterdrücken. Meine Hände und meine Füße werden fixiert und sie drücken mich immer härter auf den Boden. Der Arzt scheint sich darauf vorbereitet zu haben, denn er holt eine große Tasche vom Flur und zieht ein Medikament in einer Spritze auf. Mit zwei Schritten ist er bei mir und lässt sich meinen Arm freimachen. Ich will das nicht, ich zucke und versuche mich wegzudrücken. Doch gegen die starken Hände der

Männer habe ich keine Chance. Ich spüre den Einstich, es dauert nicht lange und dann falle ich in einen tiefen Schlaf.

17. Kapitel

Oh, liebste Claire, was war das für ein Spaß. Wie ich ja schon geahnt hatte, ist er ein Weichei. Er fing schon im Auto an zu jammern. Wie ein kleines Kind sage ich dir. Ich konnte die Fahrt gar nicht genießen. Dabei ging es Richtung Hafen. Wie liebe ich doch den Anblick der Schiffe. Blohm und Voss mit ihren Docks sind schon beeindruckend, oder, Claire? Wenn du bei mir bist, sollten wir beide einen Spaziergang an den Docks machen. Was hältst du davon? Vielleicht mit den HVV-Fähren ein wenig über die Elbe schippern. Den Wellengang genießen. Die flotten Sprüche der Ticketverkäufer uns anhören und dann auf den Landungsbrücken ein Fischbrötchen genießen. Nur dann ohne so einen nervigen Mann, wie es dein Frank ist. Ich habe ihn noch ein wenig mehr von dem Mittel gegeben. Er sollte ja nur bis zu mir nach Hause dämmern. In die Wohnung brachte ich ihn mit einem Rollstuhl. Gut, dass keiner der Nachbarn uns gesehen hat. Die Aufnahmen der Überwachungskameras im Foyer meines Hauses werde ich erklären können, wenn es notwendig wird. Aber vor meiner Tür begann er zu stöhnen. Weißt du, wie unangenehm das ist? Ich kann dir gar nicht sagen, wie mich dieser Mann anekelte.

In der Küche habe ich schon alles für ihn vorbereitet. Wie gut, dass ich mir einen sehr großen Holztisch gekauft habe. Da kann man rütteln und schütteln, wie man will, der bewegt sich keinen Millimeter, liebste Claire.

Schwer ist der Kerl, das sage ich dir. Du denkst bestimmt, ich spinne. Ja, er ist dünn, oder wie du sagen würdest, drahtig. Da er nicht mitmachte und das konnte er ja nicht dank meines Hilfsmittels, hing er wie ein nasser Sack über meine Schulter und ich musste die ganze Arbeit alleine machen. Doch das habe ich geschafft, liebste Claire. Schnell war er an den Händen und Beinen gefesselt. Irgendwie hat es mich angemacht, wie er mit weit auseinandergestreckten Beinen vor mir lag. Doch ich habe mich nur auf eines konzentriert, liebste Claire, auf mein Ziel, ihm bei lebendigem Leibe das Herz herauszuschneiden.

Nachdem er festgezurrt vor mir liegt, aber immer noch betäubt ist, überlege ich, mir einen Kaffee zu kochen. Mit Kaffee geht sogar das

Morden leichter.

Gerade, als ich die Tasse mit dem heißen Getränk in der Hand halte, kommt er zu sich. Aber nun muss er warten, liebste Claire. Nicht wahr, wir beide haben uns nie von unserem Kaffee durch einen Mann ablenken lassen. Wieder stöhnt er. Kann er nichts anderes? Aber niedlich ist es ja auch ein wenig, wie er verwirrt durch das Zimmer schaut. Ob er mich erkennt? Wenn ich dir glauben darf, liebste Claire, schaut er ja oft in die Zeitungen und da bevorzugt in die Klatschspalten. Eigentlich müsste er mich von dort kennen. Wie oft waren da Fotos von mir schon drin, obwohl das, was die Schandmäuler über mich schrieben, falsch war.

„Wo ..." Während er an seinen Fesseln zerrt, versucht er sich zu orientieren. Es war wohl ein wenig zu viel von dem Beruhigungsmittel.

Ob er mir so überhaupt sagen kann, dass er leidet? Ich sollte etwas warten. Aber wenn er so stöhnt und jammert, werde ich wütend. Und ich will es doch genießen. Also werde ich ihn den Mund stopfen und meinen Kaffee zu Ende trinken. Dann ist er vermutlich auch voll bei Bewusstsein.

Ob die Nachbarn da sind? Ich will doch nicht, dass sie was von ihm mitbekommen. Sollte ich eine

Socke aus dem Schlafzimmer holen und ihn damit knebeln? Oder etwas anderes? Aber dann wäre er nicht voll bei mir, liebste Claire. Ich will hören, wie er leidet. Ohne diese Geräusche würde mir ein Riesenstück Spaß genommen. Wenn wir aber gehört werden, dann kann es passieren, dass ich auffliege. Aber, Claire, wir wollen doch unsere gemeinsame Zukunft aufbauen, oder nicht?

Auf einmal schreit er wie von der Tarantel gestochen. Was ist passiert? Ich habe doch noch gar nicht angefangen. Das muss sofort ein Ende haben. Ich hätte doch, wie ich es erst wollte, ein kleines Haus irgendwo auf dem Land mieten sollen. Aber nein, mein Ego meinte ja, ich müsse hier mitten in der HafenCity, dem neuen In-Stadtteil von Hamburg, das Penthouse mieten, nur, weil ich von hier auf das Wasser und die Schiffe blicken kann. Das will ich mit dir genießen, liebste Claire. Das wird nicht mehr lange dauern, liebste Claire. Nur jetzt ist dieser Mann dran, bevor er mich noch mehr nervt und ich mein Ziel nicht erreichen kann.

Ruhe, was für eine wunderbare Ruhe hier wieder ist. Während Frank mit der Socke im Mund kämpft, kann ich ja meinen Kaffee austrinken. Ich lege mir alles bereit. Das Messer auf alle Fälle und

Handtücher. Claire, wir wollen doch nicht, dass unsere gemeinsame Küche schmutzig wird, oder?

Wieso tragen eigentlich derzeit Männer immer T-Shirts oder Hoodies. Was ist mit dem guten alten Hemd? Das könnte ich viel leichter öffnen, da es ja Knöpfe hat. Sein Shirt muss ich leider zerschneiden. Aber da steht ja auch nur darauf:

Fick den Montag.

Dabei haben wir gar nicht Montag. Wer weiß, ob das nicht ein Hinweis auf seine Hygiene ist, und er sich seitdem nicht mehr umgezogen hat. Ich habe gestern nicht gesehen, ob er dasselbe T-Shirt anhatte. Oder er kennt die Wochentage vielleicht nicht?

Ich muss leise in mich hineinlachen. Ja, intelligent ist er nicht, denn dann hätte er nie und nimmer was mit dir anfangen wollen, liebste Claire. Ihm hätte doch klar sein müssen, dass ich dich beschütze.

Schnell ist seine Brust frei vom Stoff. Wie er seine Augen aufreißt, süß ist er ja doch, wie er da so liegt. Hofft er, dass ich ein Tête-à-Tête mit ihm beginne? Na, ich hoffe doch nicht. Ich stehe nicht auf solche Männer, wie er einer ist. Nein, ich stehe nur auf dich, liebste Claire.

Ja, die linke unterste Rippe ist schnell bei ihm gefunden, er hat da ja kein Gramm Fett an sich. Diese Kleidung hat ihn dicker erscheinen lassen als er ist.

Noch einmal wische ich mit einem Mikrofasertuch über die Klinge, damit sie blitzeblank ist und setze sie an.

Ja, Panik spricht nun aus seinen Augen. Wie ich diesen Anblick genieße. Ein wohliges Gefühl macht sich in mir breit.

Langsam ritze ich ihn an. Doch mein Druck hat nicht ausgereicht. Ich habe nicht geahnt, wie viel seine Haut aushält. Ich muss neu ansetzen. Doch die Klinge ist nicht mehr rein. Darf ich das dann? So verschmutzt mit dem Blut?

Liebste Claire, wir wollen doch nicht, dass er eine Entzündung bekommt, oder?

Aus Ermangelung an einem Ersatzmesser werde ich dieses einfach abwaschen. Noch hält sich Frank ja tapfer, es war ja auch nur ein kleiner Schnitt.

Dieses Mal setze ich fester an. Sofort verspüre ich Schmerzen in meinem linken Handgelenk, ich bin es nicht mehr gewöhnt, hart zu arbeiten. Die letzten Jahre haben mich weich gemacht. Doch bis zum Brustbein ist der Schnitt schnell vollbracht.

Frank ist nach wenigen Zentimetern ohnmächtig geworden. Schade, denn ich hoffte, dass er mir genau zusieht, wie ich seinen Brustkorb eröffne.

Nur denke ich, ist es vielleicht auch gut, denn so kann ich mich mit einem Schluck meines Kaffees stärken, immerhin muss ich jetzt auf die andere Seite des Tisches an seinen Körper heran. Vielleicht sollte ich mir noch Kekse holen. Ach nein, ich bringe das jetzt hinter mich.

Es dauert keine zwei Minuten und ich kann die Haut vom Brustkorb abnehmen. Ich dachte immer, sie liegt so auf den Rippen an und man kann sie leicht abheben. Aber dem ist nicht so, ich muss hier und da noch etwas wegschneiden, ehe ich sie komplett in der Hand habe.

Mist, ich habe vergessen, mir einen Eimer oder ein anderes großes Behältnis bereitzustellen und das Blut tropft doch ziemlich aus den kleinen Adern.

Wieder beginnt er zu stöhnen. Wie ist denn diese verdammte Socke aus seinem Mund gefallen? Mit dem Hautlappen stehe ich zwischen Küche und Essbereich. Aber dann sagt mir ein Blick auf ihn, dass er den Strumpf doch noch im Mund hat und er auch nicht jammert, sondern schreit. Die Socke dämpft es nicht sehr gut. Sollte ich ihn doch nochmal die Spritze setzen oder lieber noch etwas Größeres in den Mund schieben?

Achtlos lasse ich Franks Haut in das Waschbecken fallen.

„Du wolltest es doch so."

Ich gehe auf ihn zu. Er scheint mich nicht zu erkennen, sondern schreit nur weiter so laut und unbeherrscht.

Der Schmerz muss doch langsam weniger werden. Es ist doch nur Haut. Er soll sich mal nicht so anstellen!

Nein, so kann und will ich nicht weiterarbeiten! Es ist mir egal, ob er mir dabei zusehen kann oder nicht. Er bekommt wieder etwas von dem Betäubungsmittel. Vielleicht weniger, nur etwa so viel, damit er die Schmerzen nicht mehr fühlt, aber immer noch bei mir ist.

Wie er zuckelt und ruckelt, glaubt er denn wirklich, er könne sich befreien? Während ich das Mittel aufziehe, schaue ich mit einem Auge immer wieder zu ihm. Es ist schon niedlich, wie er versucht, sich zu befreien. Für einen Moment, liebste Claire, habe ich sogar dich vergessen. Aber nun bin ich gedanklich wieder voll bei dir. Nun ja, vielleicht nicht ganz und gar. Denn immerhin will ich diesem Mann noch sein Herz nehmen. Denn in dem hast du einen Platz und ich kann dich doch nicht einfach so entsorgen. Dieses Mal scheint er den Schmerz des Einstiches zu spüren, denn er brüllt noch einmal auf. Man sollte doch meinen, liebste Claire, meine Häutung wäre schmerzhafter gewesen als der kleine Pieks. Wir stecken aber nicht in seinem Körper, oder, geliebte Claire?

Jetzt, wo er wieder döst, kann ich weitermachen.

Die Rippen sind schnell auseinander gesägt. Ich habe mir extra eine kleine Säge gekauft. Sie hat einen wunderschönen pinken Griff. Ich war mir nicht sicher, ob sie für Holz oder lieber Metall sein sollte. Knochen können ja doch sehr hart sein. Ich habe Metall genommen, nur leider eine sehr grobe, mit dem Ergebnis, dass nun im ganzen Zimmer kleine Splitterchen durch die Gegend fliegen. Es ist ein wenig unangenehm und ich weiß, ich muss nachher sehr viel saubermachen. Etwas, was ich hasse.

Da das Herz noch schlägt, spritzt mir immer wieder ein kleiner Strahl Blut entgegen. Ich weiß gar nicht so genau, was ich da verletzt habe, soll mir aber auch egal sein. Denn sobald ich sein Herz erreiche, ist es so oder so vorbei.

Es dauert einige Minuten, aber nun liegt es frei und offen vor mir. Ich hatte immer gedacht, dass es mehr wie ein gezeichnetes Herz aussieht. Würde es nicht pumpen, hätte ich es nicht als solches erkannt. Ob ich so mit meiner Hand reingreifen kann? Vielleicht sollte ich eine Zange nehmen. Möglicherweise gehe ich damit zu brutal um und es wird zerquetscht, das wäre so schade, oder was denkst du, liebste Claire? Dann wärst du vielleicht wütend auf mich. Denn immerhin ist es mein Geschenk an dich und dafür muss es perfekt sein, oder, liebste Claire?

Kurzentschlossen, weil das Medikament nach so kurzer Zeit auch wieder aufhört zu wirken, entscheide ich mich, es mit den Händen herauszuholen.

Vorsichtig umfasse ich das Herz, greife sanft darunter, um es hochzuheben. Aber dann sehe ich mein Malheur. Ich hatte vergessen, dass da ja noch viel mehr dranhängt Da sind Adern und irgendwelche Muskeln, da muss man ja entweder richtig reißen, dann ginge es aber komplett kaputt, oder schneiden. Und mein Glas ist auch zu klein, es wird nicht reichen. Wieso habe ich mich nicht vorher genauer darüber informiert? Dabei habe ich es schon gestern auf die Anrichte in der Küche gestellt, damit es in meiner Nähe ist.

Gut, das Herauslösen wird kein Problem werden, doch wo bewahre ich das Mistding dann auf?

Aber die Lösung ist schnell gefunden. In meinen Putzeimer passt es, da kann ich vielleicht kein Konservierungsmittel reinmachen, aber immerhin, es würde, bis ich ein großes Einmachglas gekauft habe, reichen.

Frohen Mutes beginne ich mit dem Durchtrennen der Sehnen, Bänder und Muskeln. Langsam hört es auf zu schlagen. Ich hätte ja vermutet, dass Frank dann laut aufstöhnt oder so, aber nichts. Er ist einfach so gestorben, ohne Drama, ohne dass er mir Spaß bereitet hätte. Beim nächsten Mal muss ich mich vorher darüber informieren, wie es besser geht und vielleicht für mich schöner ist.

Endlich ist es frei und ich kann es in den Eimer legen. Sollte ich darüber Blut gießen und würde das Formaldehyd das Plastik angreifen? Nein, ich werde lieber alles in die Badewanne legen. Das Keramik sollte von der Chemikalie nicht angegriffen werden. Ich muss mir ja auch noch Gedanken machen, was ich mit der Leiche anstelle.

Wer hätte denn gedacht, dass das so eine Arbeit ist? Doch wenn mein Plan aufgeht, habe ich erst einmal Zeit gewonnen. Oder beginnen die Leichenteile da schnell an zu stinken?

18. Kapitel

Wo bin ich? Es ist so dunkel hier drin.

Langsam öffne ich meine Augen. Ich schaue hin und her. Ich bin nicht zu Hause, aber die Zelle, in der ich vorhin war, ist das auch nicht. Es war doch erst Mittag oder vielleicht Vormittag, als ich mich noch auf der Polizeiwache befand. Langsam stehe ich auf. Ich liege mit meinen Kleidungsstücken auf einem Bett? Das mache ich doch sonst nicht. T-Shirt und Unterhose trage ich normalerweise, nie mehr, oft weniger.

Da ist eine Tür, ob ich sie öffnen kann? Vorsichtig drücke ich die Klinke herunter. Ja, sie geht auf. Draußen ist es hell. Neonlampen an den Decken beleuchten den Flur. Ein typischer Krankenhausflur, grauer Linoleumboden, weiße Wände. Stimmt, auf der Wache war ja der Psychologe. Vermutlich hat er mich einweisen lassen.

„Frau Pekut." Eine Frau mittleren Alters mit leicht grauem Haaransatz und mit einem typischen südländischen Akzent steht vor mir. Sollte ich sie erkennen?

„Schön, dass Sie wach geworden sind, wissen

Sie, wo Sie sind?"

„Im Krankenhaus?" Oh mein Gott, was für eine kratzige Stimme ich habe. Ich muss dringend etwas trinken. Leicht benebelt, vermutlich von dem Medikament, was der Arzt mir verabreicht hat, drehe ich mich um. Ist vielleicht in meinem Zimmer etwas?

„Suchen Sie etwas Spezielles, Frau Pekut?"

Die Schwester, zumindest vermute ich, sie ist eine Schwester, denn sie hat keine typische Krankenhauskleidung an und trägt auch kein Namensschild, wie ich es sonst kenne, schaut mich freundlich lächelnd an.

„Trinken."

Mehr bekomme ich nicht heraus. Auf einmal wird mir schwindelig und ich muss mich an etwas festhalten. Es ist nur die Tür in der Nähe, doch die gibt nach und ich drohe umzufallen. Mit einem beherzten Griff greift die Schwester zu und schiebt mich nicht besonders sanft auf das Bett im Zimmer.

„Na, das war wohl noch ein wenig früh, oder?" Die Frau hat gut reden. Wenn man nicht weiß, was los ist, will man es doch herausfinden.

„Wieso bin ich hier?" Doch wieder nur ein Lächeln und keine weitere Antwort. Sie muss mir doch sagen, warum ich mich hier befinde.

„Kann ich gehen?" Ich vermute, dass die Antwort verneint wird, aber ich muss es dennoch fragen.

„Nein, derzeit nicht, vorhin war ein Richter da. Sie haben es leider nicht mitbekommen. Aber alles Weitere wird Ihnen die Ärztin erklären."

Wieso Ärztin? Es war doch ein Arzt, der mich hierhergebracht hat. Ach, wie dumm von mir, der wird vermutlich schon Feierabend haben. Ein Blick auf mein Handgelenk sagt mir, dass ich immer noch keine Uhr habe. Ich fühle mich so nackt ohne sie.

„Wo ist meine Uhr? Überhaupt, ich muss doch nach Hause, ich habe keine Kleidung?"

„Wie gesagt, es kommt gleich eine Ärztin, haben Sie Geduld, ich hole Ihnen was zu trinken."

Haben Sie Geduld? Spinnt die denn komplett? Meint die etwa, ich setze mich jetzt hierhin, lege die Hände in den Schoß und tue nichts, außer zu warten?

Ich will vom Bett aufspringen, um ihr hinterherzulaufen, doch dieses blöde Medikament wirkt immer noch und mir wird sofort wieder schwindelig. Ich lasse mich zurück auf das Bett fallen. Na gut, vielleicht warte ich doch ein, zwei

Minuten. Aber länger wirklich nicht.

Mit diesen Gedanken strecke ich mich aus, dieses Drehen muss endlich wieder aufhören.

„Frau Pekut?" Oh verdammt, ich muss wohl eingeschlafen sein. Meine Augen müssen sich an das helle Licht, was vom Flur hereinscheint, gewöhnen. Das ist eindeutig eine Ärztin, vermutlich die, die mir die Schwester vorhin angekündigt hat.

„Wann kann ich endlich gehen?"

Ich halte mich nicht mit langem Reden auf.

„Wollen wir nicht erst einmal in mein Büro gehen?" Die Ärztin spricht mit so einer unverbindlichen Stimme, dass in mir die Wut aufsteigt. Am liebsten würde ich sie anschreien, dass ich das nicht will, sondern dieses Haus verlassen möchte. Ich will in meine Wohnung und meine Ruhe haben. Verstehen die denn nicht, dass diese ganzen Vorfälle in der letzten Zeit einfach zu viel für mich waren? Und dann noch diese unsinnige Festnahme, die mich hierher brachte? Was soll jetzt noch kommen?

Zögerlich stehe ich auf und folge der Ärztin über den Flur. Waren vorhin da auch diese Leute? Ich hatte sie gar nicht wahrgenommen. Ohne nach links und rechts zu sehen, wippen sie immer vor und zurück. Es erinnert mich an einen Film, den ich vor Jahren gesehen habe. Da ging es um ein Irrenhaus im Mittelalter. Fast so, als soll mein Gedanke bestätigt werden, höre ich laute Schreie aus einem Zimmer. Bin ich wirklich wach oder träume ich?

Es ist für mich unvorstellbar, wie das passieren konnte. Wer wollte dies alles für mich? Nie hätte ich gedacht, dass mich jemand so hasst. Und in seinem Hass so weit geht, um mich in die Psychiatrie zu bringen.

Als die Frau eine Karte aus ihrer Hose holt und sie gegen einen Leser hält, weiß ich, es wird noch schlimmer. Ich bin nicht nur in der Psychiatrie, nein, ich bin in der Geschlossenen Abteilung.

„Wieso?"

Mehr bekomme ich nicht heraus. Die Ärztin, die sich mir mit Kubic vorgestellt hat, schaut mir tief in die Augen.

„Wissen Sie denn gar nichts mehr, Frau Pekut?"

Ihre Stimme hört sich an, als würde sie mit einem kleinen Kind sprechen. Nur mit Mühe unterdrücke ich meine aufkeimende Wut gegen diese Frau.

„Natürlich, aber ich verstehe nicht, wieso ich

hier bin. Ich wurde festgenommen, weil ich mich gegen einen Einbrecher gewehrt habe. Was schon ein Unding ist."

Ja, wenn man es sehr eng sieht, könnte man den Verdacht haben, dass ich mich nicht gegen den Stalker wehren wollte, sondern gegen die Polizisten. Aber mal ehrlich, wer würde das denn bitte machen?

„Frau Pekut, ich wollte gerne mit Ihnen über ein Thema sprechen."

Während sie das sagt, holt sie eine Akte vom Tisch.

„Natürlich wollen Sie über etwas reden, sonst hätten Sie mich ja nicht hierher geholt, oder?" War ich das wirklich gerade? Ich bin doch sonst nicht so zickig, aber die Gefühle in mir toben so stark, dass ich mich kaum kontrollieren kann.

„Frau Pekut, bitte, wir wollen doch nur das Beste für Sie."

„Ja? Wollen Sie das wirklich? Dann, verdammt nochmal, lassen Sie mich nach Hause. Ich habe hier nichts zu suchen."

Mit diesen Worten will ich aufstehen und den Raum verlassen. Doch etwas hält mich zurück. Ich drehe mich um.

„Die Schwester sagte vorhin was von einem Richter. Was soll ich darunter verstehen?" Statt mir zu antworten, deutet die Ärztin auf den Stuhl ihr gegenüber. Wenn ich Antworten haben will, werde ich mich wohl wieder hinsetzen müssen.

„Sie haben heute in der Polizeiwache von Bergedorf randaliert, wissen Sie das noch?"

Ich habe doch nicht randaliert, was will die Olle denn? Na gut, vielleicht ein klein wenig. Aber das heißt doch noch lange nicht, dass ich hierher gehöre.

„Wenn jeder, der bis jetzt auf einer Polizeiwache randaliert hat, in die Psychiatrie kommen würde, dann wäre es aber noch voller hier, oder?" Nein, klein beigeben werde ich nicht.

Nickend schaut sie mich an. Wie ich es hasse, wenn jemand so verständnisvoll tut. Sie kann mir doch mal vernünftige Antworten geben, oder?

„Also, wie gesagt, Sie waren etwas außer Kontrolle." Nun reicht es aber wirklich, außer Kontrolle? Wer ist die Irre, ich oder die?

„Ich habe einiges in der letzten Zeit durchgemacht und keiner hat mir geglaubt, aber was Sie nun von sich geben, ist der Hohn schlechthin. Etwas von der Rolle? Haben Sie eigentlich mal überlegt, sich selber einzuweisen?"

Die Augen von der Frau werden riesig groß, doch sofort versucht sie sich wieder zu fassen.

„Erzählen Sie mir dann doch mal von Ihren Erlebnissen." Ihre Stimme hat wieder diese triefende Freundlichkeit.

„Ich bin mir sicher, dass alles in den Akten steht, oder, Frau Kubic?" Wieso sollte ich denn das alles wiederholen. Sie kann mir doch eh nicht helfen. Die denkt, dass ich verrückt bin. Etwas, was ich ja auch langsam von mir selber denke.

„Sie haben den Polizisten erzählt, dass Sie eine Stimme in Ihrer Wohnung gehört haben." Natürlich fängt sie mit dem Thema wieder an.

„Ja, und nur in meiner Wohnung, und nein, ich habe sie vorher nie gehört." Der nehme ich gleich die Segel aus dem Wind.

„Was wurde Ihnen denn von der Stimme gesagt?" Sie geht ja gar nicht auf das ein, was ich ihr gesagt habe. Aber immerhin scheint sie anzunehmen, dass die Stimmen mir etwas gesagt haben und nicht, dass ich mir die Stimme nur einbilde.

„Ich habe sie nicht hundertprozentig verstanden, nur, dass er bei mir sei."

„Er?" Neugierig schaut sie mich an. Aber jetzt, als die Ärztin das wiederholt, bin ich mir gar nicht mehr so sicher, ob es eine männliche Stimme war. Sie war leicht metallisch. Aber das kann nicht sein. Wer hat schon so eine Stimme, und ja, ich gehe davon aus, dass es ein Mann war.

„Es gab vorher Liebesbriefe an mich, und deswegen habe ich diese Vermutung." Nachdenklich schaue ich auf meine Finger.

„Liebesbriefe?" Nun ist die Ärztin doch verwirrt und blättert in der Akte, als würde sie die Antwort auf ihre Frage darin finden.

„Ja, das habe ich doch alles der Polizei, dem Herrn Hessler erzählt." Wieder dieses wissende Nicken. Es sieht so aus, als hätte sie die betreffende Stelle in der Akte gefunden.

„Ja, stimmt, das steht hier und Sie haben sie dann `verloren`?" Oh man, ich hasse ihre skeptische Stimme. Aber wenn man das jetzt so geballt hört, dann könnte man glauben, dass es alles erfunden war. Doch da fällt mir Johann ein. Der Mann, der wegen mir sterben musste.

„Da ist doch noch Johann Gustavson. Er musste wegen mir sterben."

„Wegen Ihnen?" Wieder diese nachsichtige

Stimme. Sie kann doch mit einem Kleinkind so reden, aber nicht mit mir.

„Ja, wegen mir, immerhin hatte mein Stalker das angedroht."

Mit dem Zeigefinger deute ich auf ihre Akte.

„Auch das müsste da drinstehen, oder?" Wieso darf die Polizei eigentlich einfach meine Informationen an die Klinik geben?

Ich entscheide mich, jetzt nicht dagegen anzugehen. Erst einmal muss ich hier raus und dafür muss ich die Ärztin überzeugen.

„Ja, aber Sie hatten die nicht mehr?" Wieso war mir schon vorher klar, dass man mir nicht glauben wird?

„Aber Frank, er hat sie gesehen." Nun ja, vielleicht eher gerochen. Ich hatte ihm ja nur von dem Inhalt erzählt, ihm die Briefe nie direkt gezeigt.

„Frank? Ist das der Stalker?" Frau Kubic stellt mir nun gerade die Frage, die ich mir selbst schon gestellt habe. Aber ich bin mir sicher, so angeekelt wie er über den Geruch war, dass er es nicht sein konnte.

„Frau Pekut?" Ich habe zu lange darüber nachgedacht, doch nun schüttele ich entschieden den Kopf.

„Nein, mein Arbeitskollege." Sofort erkenne ich, dass die Ärztin vermutet, dass ich wirres Zeug rede.

„Ich hatte ihm die Briefe gezeigt, denn er hat eine gute Nase."

„Eine gute Nase?"

Ich verwirre die Ärztin immer mehr und das, obwohl ich doch Licht ins Dunkle bringen wollte.

„Ja, die Briefe haben ein schweres Parfüm an sich gehabt. Ich hoffte, er könnte mir sagen, ob einer der Kollegen das trägt."

Sie verdreht leicht die Augen. Sie glaubt mir nicht. Aber professionell wie sie ist, spricht sie weiter.

„Hat denn einer der Kollegen das Parfüm getragen?" Ja, das wüsste ich auch zu gerne.

„Ich habe es einmal im Raum von Herrn Starke gerochen."

Wieder ein Name, mit dem sie nichts anfangen kann. Doch ehe sie mich danach fragen kann, rede ich weiter.

„Mein Chef, aber ich glaube kaum, dass er mein Stalker ist."

„Wieso nicht?" Oh man, die will es genauer wissen als die Polizei, aber ich bin ja froh, dass es endlich jemanden gibt, der mir glaubt.

Schnell ist alles erzählt und ich fühle mich das erste Mal seit Beginn des Albtraumes ein wenig erleichtert.

„Darf ich jetzt gehen?" Doch nur ein Kopfschütteln ist die Antwort. Ich habe kaum noch Kraft, um gegen diese Machenschaften zu kämpfen, so fällt meine Frage auch nur kurz aus.

„Wieso nicht?"

„Frau Pekut, solange wir nicht genau wissen, was mit Ihnen los ist, müssen Sie bei uns bleiben, es gibt eine richterliche Anordnung. Sie sind erst einmal für fünf Tage bei uns untergebracht. In der Zeit wollen wir Sie genauer ansehen und die Polizei versucht auch ihr Bestes."

Auch, wenn ich den Gedanken hasse, dass ich hierbleiben soll, werde ich jetzt nicht mehr dagegen ankämpfen, es würde alles schlimmer machen.

19. Kapitel

Claire, was ist passiert? Da passe ich einmal nicht auf dich auf und schon bist du in der Psychiatrie. Wie soll ich dir denn da nun helfen?

Ich laufe in der Küche auf und ab. Frank liegt da immer noch und nervt mit seinem Anblick. Der Brustkorb offen und man kann genau das Loch sehen, wo sich vorher sein Herz befand.

Ich habe extra für dich ein hübsches Einweckglas gekauft. Eines, indem man ein Stück Stoff drüberzieht. Eigentlich ist es für Gurken gedacht. Ich fand, das passt super, denn etwas anderes war er ja doch nicht. Irgendwie ist der Frank ja nicht wirklich ein Mann gewesen. Bevor ich ihn entsorge, muss ich mich um dich kümmern, meine Liebste. Wie bekommen wir dich denn da wieder heraus? Vielleicht sollte ich dich entführen? Oder sollte ich dich da lassen? Dort kann immerhin keiner dir zu nahe kommen. Aber vielleicht gibt es da ja auch Pfleger? Nein, das kann ich nicht zulassen, dass dich so ein junger Spund anbaggert. Ich muss zu dir, egal ob der Frank jetzt hier noch liegt oder nicht. Wobei, wenn du hierherkommst und du eine Leiche in meiner Küche vorfindest, ich glaube, du wärst dann nicht so erbaut. Außerdem will ich dich vor dem Anblick schützen.

Ich blicke mich um. Ob ich Frank in einen Teppich einrolle? Nein, ich habe nur weiße weiche Teppiche und sie waren alle sehr teuer. Das ist nicht gut. Für einen blauen Müllsack ist er eindeutig zu groß. Ich muss ihn kleiner, ja handlicher verpacken.

Mein Blick wandert durch die Wohnung. Mit den Geräten, die ich hier habe, werde ich das leider nicht können. Die Säge, die ich für die Rippen genutzt habe, ist nicht gut genug. Aber damit werde ich mich erst wieder nach einem Besuch bei dir beschäftigen. Gut ist ja, dass er nicht weglaufen kann. Doof ist nur, dass ich mir vermutlich einen neuen Tisch besorgen muss. Der hat wie ein Schwein beim Abschlachten geblutet. Und wie die bluten, weiß ich noch von damals, als ich in dem kleinen armen Dorf gelebt hatte. Du kennst Armut vermutlich gar nicht, liebste Claire, oder? Aber du hast dich so verändert. Während du früher neben mir eine schillernde Erscheinung warst, bist du jetzt nur noch eine natürliche Schönheit. Aber ich werde dich bestimmt wieder dahin bringen, wo du mal warst. Die schönste Kleidung von den angesehensten Designern wirst du tragen. Wir beide werden jede Schlagzeile der großen Zeitungen der Welt dominieren.

Wir werden ein wunderschönes Paar werden.

Damit wir eine gute Basis haben, werde ich den Kerl jetzt erst einmal in die Wanne stecken. Nein, nicht um ihn zu baden. Wobei, vielleicht sollte ich das Blut von ihm waschen, denn dann werden meine Hände beim Auseinanderschneiden nicht wieder so dreckig. Verdammt, ich habe fast dreißig Minuten gebraucht, um auch die letzten Reste vom Blut unter meinen Nägeln hervorzubekommen. Ja, das ist eine gute Idee, oder was denkst du, liebste Claire? Dann putze ich noch den Boden und den Tisch. Hoffentlich ist er noch zu retten. Wenn nicht, suchen wir gemeinsam einen neuen aus, meine liebste Claire.

20. Kapitel

Ich darf hier wirklich nicht raus. Ich bin eingesperrt wie in einem Gefängnis. Wie ist das nur passiert?

Ist es nicht für die Polizisten alltäglich, dass sich jemand gegen ihr Vorgehen wehrt? Ich habe mich gegen einen Einbrecher verteidigt. Ja, auch ich weiß nicht, wo er am Ende war. Es muss doch eine logische Erklärung dafür geben. Wieso helfen sie mir nicht bei deren Findung. Ich bin nicht verrückt, das weiß ich ganz genau. Auch wenn ich mittlerweile nervös bin und meine Nägel bis auf das Fleisch herunter geknabbert sind, weiß ich, ich bin nicht irre.

Mit diesen Gedanken sitze ich am Fenster und starre hinaus. Das Bethesda Krankenhaus liegt eingebettet in einer Parkanlage. Wenn ich aus meinem Fenster schaue, sehe ich den kleinen Wald. Oft bin ich schon durch ihn hindurch bis nach Wentorf gelaufen, einem kleinen Ort in Schleswig-Holstein. Schade, bis zur Sternenwarte kann ich nicht blicken. Aber dank ihr sind bei uns die Straßenlaternen nicht weiß, sondern gelb. Sie sollen die Helligkeit dimmen, damit man den

Sternenhimmel besser betrachten kann. Ich werde heute Nacht aus dem Fenster schauen, wenn ich schon hier eingesperrt bin, dann sollte ich die Zeit ein wenig genießen. Ich werde, wenn der Himmel klar ist, bestimmt die Sterne sehen können. Wie gerne würde ich aber jetzt raus in den Park.

Nur, selbst wenn ich dürfte, ich kann gar nicht. Denn Ersatzkleidung habe ich keine hier. Und durch den Kampf mit den Polizisten und meinem Aufenthalt in der Zelle auf der Wache, hat meine Kleidung sehr gelitten. Ich gelte zwar nicht als Frau, die den größten Wert auf ihr Äußeres legt, aber so würde selbst ich nicht rausgehen. Ich muss Nasenbluten gehabt haben, denn ich sehe kleine Flecke auf meiner Bluse. Und die Hose hat am Knie ein Loch. Wäre sie eine Jeans, könnte man meinen, sie sei modern.

Ob ich telefonieren darf? Nachdem ich gestern von der Ärztin in mein Zimmer gebracht wurde, hatte ich total vergessen, danach zu fragen. Mein Handy habe ich natürlich nicht dabei. Fraglich, ob ich es überhaupt bei mir haben dürfte. Immer wieder diskutiere ich mit mir, ob ich raus gehe. Denn draußen auf dem Flur ist es grauenvoll. Eine alte Dame zieht sich bis auf eine Windel komplett aus, schreit und bewirft die Leute mit Gegenständen.

Aber nicht genug damit, die Pfleger wollen auch noch, dass ich da draußen mein Essen zu mir nehme. Das ist wirklich zu viel verlangt und geht in meinen Augen gar nicht. Dass ich nichts esse, bin ich gewohnt. Das habe ich als Model auch hin und wieder gemacht. Meistens war es zwar der Stress von der Arbeit, doch ich werde daran nicht sterben. Es ist ja nicht mehr lange, noch vier Tage und dann kann ich gehen. Nur solange will ich nicht in den Sachen bleiben, die ich anhabe. Ich muss jemanden bitten, in meine Wohnung zu gehen. Nur wer würde es machen?

Frank? Nein, das will ich nicht, ich bin immer noch seine Vorgesetzte. Ob Natalia zufällig nach der Zeit in Mailand nach Hamburg gekommen ist? Probieren kann ich es ja, wenn nicht, kann ich immer noch Frank bitten.

Wie schwer es mir fällt rauszugehen aus meinem Zimmer. Innerlich bete ich, dass die Frau gerade in ihrem Raum ist. Die Pfleger haben wirklich alle Hände voll zu tun, sie immer wieder anzukleiden, auf ihr Zimmer zu bringen und zu versorgen. Immer wieder bin ich in der Nacht davon wach geworden. Vielleicht ist das der Grund, wieso ich jetzt so ungnädig bin. Ich bin von jedem Geräusch wachgeworden. Natürlich habe ich Angst, dass der Stalker auch hier auf die Station kommt. Aber wie sollte er es schaffen? Hier kommt man nur rein, wenn einer vom Pflegepersonal ihn durch die Glastür, die immer verschlossen ist, nach einer gründlichen Kontrolle passieren lässt. Glücklicherweise! Ich sollte froh sein, denn ich bin in Sicherheit.

Ein Blick vor meine Tür sagt mir, die alte Dame ist nicht da. Vermutlich muss auch diese Frau irgendwann schlafen.

Zaghaft trete ich in den Flur. Ein Blick nach links und rechts bestätigt mir, dass nur die beiden da sind, die auch schon gestern immer auf den Boden gestarrt haben. Vor denen brauche ich keine Angst haben. Sie sind friedlich und tun niemanden etwas. Vermutlich sind sie wie ich froh darüber, wenn keiner sie anspricht.

Ich weiß nicht, was lauter pocht, mein Herz oder die Hand an der Tür zum Dienstzimmer. Unter keinen Umständen möchte ich auffallen. Ich hoffe, je weniger man mich wahrnimmt umso schneller bin ich hier wieder raus.

„Guten Tag, Frau Pekut, wie geht es Ihnen?" Der Anblick des Pflegers, der gerade die Tür aufmacht, verschlägt mir die Sprache. Breit lächelnd, freundlich und verdammt gutaussehend. Wer hätte gedacht, dass man so etwas hier findet.

„Es geht, danke." Wie leise sich meine Stimme anhört. Aber sofort fällt mir wieder ein, wieso ich hier bin. Er wird mich so oder so nur abstoßend finden, und wenn ich ehrlich bin, will ich auch gar keinen Mann derzeit kennenlernen.

Wer weiß, was der Stalker mit ihm machen würde.

„Darf ich vielleicht telefonieren?" Sofort wird das Lächeln breiter und freundlich nickt mir der Pfleger zu.

„Na sicher, kommen Sie herein. Das Telefon steht da drüben."

Das ging ja leichter, als ich dachte. Nun muss ich nur hoffen, dass Natalia in Hamburg ist, oder zumindest heute oder morgen hierherkommen kann.

„Hallo, Süße?" Woher weiß sie, dass ich am Telefon bin? Ich habe mich nicht einmal gemeldet. Oder sagt sie das mittlerweile zu jedem? Vermutlich. Ich interpretiere wieder zu viel in zwei

Worte hinein.

„Natalia, ich brauche dringend deine Hilfe."

Ein Kichern ist ihre Antwort.

„Bitte, es ist dringend." Meine Stimme ist flehend. Ich kann keinen Tag länger in dieser Kleidung bleiben.

„Wie kann ich dir helfen?" Ihr harter Akzent beruhigt mich dieses Mal sehr.

„Bist du in Hamburg?"

Bitte lass sie es sein, wen sonst könnte ich fragen?

„Ja, meine Liebste, du hast Glück, ich wollte heute so oder so mich bei dir melden. Ich habe eine schwere Aufgabe hier noch zu erledigen und dann wollte ich ganz für dich da sein."

Seit wann nennt sie mich meine Liebste? Wieso fühle ich mich gerade so unwohl? Noch nie hatte ich so ein Gefühl in ihrer Gegenwart. Ich schüttele meinen Kopf. Das ist der Stress, anders kann ich mir das nicht erklären.

Glücklicherweise sagt sie mir zu, im Laufe des Nachmittags zu mir in die Klinik zu kommen und den Schlüssel für meine Wohnung zu holen. Keine Frage, keinen Vorwurf, so wie ich es von ihr kaum kenne. Aber es zeigt mir doch, wie viel ihr unsere

Freundschaft bedeutet und ich bin verdammt froh, sie zu haben.

21. Kapitel

Frank ist Geschichte, liebste Claire. Es war gar nicht so einfach, meine Geliebte Einfach herunter tragen geht nicht, meine Liebste, da sieht man mich vielleicht dabei. Wie sollte ich das bitte erklären, liebste Claire?

Ich habe ihn zerteilt, das war eine Arbeit, das kann ich dir verraten. Stundenlang, denn das richtige Werkzeug hatte ich ja nicht. Erst wollte ich ihn mit einer Motorsäge zerkleinern, ich hatte sie schon gekauft. Nur dann fiel mir ein, wie laut das Gerät ist. Die Nachbarn hätten bestimmt vermutet, dass ein Holzfäller in meiner Wohnung wütet. Das ist ein Ding der Unmöglichkeit, ich darf nicht auffallen. Ich bin also mit der kleinen Säge rangegangen. Die Beine durchtrennen waren noch in Ordnung. Das Zerstückeln der Oberschenkel war zwar schwerer als das Zersägen der Unterschenkel der Beine. Immer wieder musste ich Pause machen, liebste Claire.

Ich gefährde aber nicht unsere gemeinsame Zukunft, liebste Claire. Den ganzen Tag arbeitete ich an dem Kerl. Dann wollte ich ihn durch den Fleischwolf drehen. Wie ich auf die Idee gekommen bin, fragst du dich sicherlich?

Während ich ihn zersägte, hatte ich mir eine Serie angesehen. Nun, was soll ich sagen, sie haben Frikadellen hergestellt. Aus frisch gewolftem Fleisch. Da dachte ich, es wäre die perfekte Lösung. Nur noch lauter kleine Fleischbröckchen. Nun ja, aber was dann? Was soll ich denn bloß mit dem ganzen Hack machen? Es ist eine nie endende Odyssee. Aber jetzt eben ist mir das Richtige eingefallen, ich will ja, dass niemand weiß, woher das Fleisch kommt. Ich spüle das ganze Hack einfach die Toilette hinunter. Ja, das ist eine feine Idee. So wird es einfach in der Kanalisation verschwinden.

Auch wenn ich sofort zu dir eilen wollte, liebste Claire, muss ich dich um Geduld bitten, denn unser Nest soll doch wieder schön werden. Und das ist nicht möglich, solange Frank noch in der Badewanne liegt. Wie wollen wir uns da denn drin amüsieren, nur du und ich, liebste Claire? Ich mache mich also mal an die Arbeit. Ich hoffe, ich kann das Ding auch aufbauen. Nie habe ich so etwas gemacht. Seitdem ich aus dem Slum der Ukraine raus bin, habe ich nicht einmal mehr selber gekocht.

Du, liebste Claire, kannst das so gut, du wirst doch hoffentlich auch später für uns beide kochen, oder? Aber dann ist es vielleicht besser, ich kann schon mal dieses Höllenteil aufbauen. Diese verschiedenen Platten sind schon ziemlich scharf. Du könntest dich verletzen und ich weiß ja, dass du kein Blut sehen kannst. Du bist so oder so eine zarte Dame, liebste Claire. Bei mir ist das anders. Wie oft haben die in der Presse mich „das Schlachtrossmodel" genannt. Dabei habe ich immer an mir gearbeitet. Jede Woche war ich bei der Kosmetik. Diese verdammten lästigen Härchen im Gesicht entfernt. Leider hat das Weglasern nicht geholfen. Sie nannten das immer Frauenbart, doch keiner kennt die Wahrheit. Ja, auch vor dir habe ich sie zurückgehalten, liebste Claire. Ich hoffe, du wirst mir verzeihen. Denn immerhin denkst du seit Jahren, dass ich jemand anderes sei. Wie oft hat es mich geschmerzt, doch seitdem ich dich von deinem Vater befreit habe, wollte ich dir das sagen. Bald, ja, sehr bald wird es soweit sein. Dann gehören wir zusammen, liebste Claire.

22. Kapitel

Die Zeit vergeht hier drin gar nicht. Der gutaussehende Pfleger, dessen Name so kompliziert ist, dass ich ihn in meiner Aufregung immer wieder vergesse, war so freundlich und hat mir eine Zeitung gebracht. Meine Konzentration ist leider so schwach, dass ich sie nur kurz überfliege.

Ich liebe ein wenig den Tratsch der Promiwelt. Die Königin von England hat sich wieder über etwas nicht amüsiert, etwas, was man ja beinahe jede Woche in der Zeitung liest. Ihr Ehemann hat wieder Fettnäpfchen Weitsprung veranstaltet. Also in dem Königshaus ist alles so wie immer.

Die Fashionweek in Mailand hat wieder die schlimmsten Kreationen präsentiert. So schlimm, dass die wirklich guten Designer nicht einmal erwähnt werden und die, die den Müll produzieren, auf allen Seiten ihren Platz finden. Wie gut, dass ich aus diesem Business raus bin. Wirklich schade, ich hatte für Natalia gehofft, dass sie es in die Zeitung geschafft hat. Immerhin ist es die Klatsch- und Tratschzeitung Deutschlands. Aber die haben natürlich nur von den anderen geschrieben.

Sie hat aber auch so oft ein Pech. Sie läuft für die

wirklich großen Designer und dennoch bekommt sie wenig Aufmerksamkeit. Dabei ist sie ein schönes Model. Ja, mit leicht männlichen Zügen, aber genau das ist es, was lange modern war. Als sie anfing im Business, hat jeder auf diese Art von Model gestanden. Sie konnte sich kaum retten vor Aufträgen. Im Laufe der Jahre flachte die Auftragslage natürlich ab, doch noch hatte sie genug Buchungen, um gut davon leben zu können.

Ein Blick auf die Uhr sagt mir, dass Natalia sich viel Zeit lässt. Es ist schon drei Uhr durch. Wenn ich den Pfleger richtig verstanden habe, soll ich gleich zur Ärztin. Sie möchte wieder mit mir reden. Nur worüber? Ich habe ihr auf alle Fälle nichts zu sagen. Ich habe keinen Fehler gemacht. Okay, sagen wir, ich habe keinen Fehler gemacht, den andere nicht auch gemacht hätten.

Brav sitze ich hier meine Zeit ab, aber dann will ich nach Hause. Es ist nicht meine Schuld, wenn mir niemand glaubt. Dass ich einen Stalker habe, ist doch offensichtlich, oder?

Glaubt dieser Polizist wirklich, dass ich sowohl Johann getötet, als auch das Haus in Brand gesetzt habe?

Noch nie bin ich auf so eine Idee gekommen.

Wieso sollte ich damit jetzt anfangen? Hat er überhaupt schon einmal nach Jack geschaut? Ist er vielleicht raus?

Früher habe ich gerne Krimis gelesen. Da war immer die Rede davon, dass Frauen mit Gift morden und Männer die brutaleren Varianten bevorzugen. Ja, wer wäre es denn jetzt hier, der Mörder hat so viele verschiedene Varianten genutzt?

Nehmen wir mal Johann, der mit Gift ermordet wurde, ja, sogar eines, was bestialisch tötet Ich habe gelesen, dass es ein Terrorgift sei, da es keine Möglichkeiten auf Heilung nach dem Injizieren gäbe.

Und dann der Brand, der ist ja dann eher untypisch für eine Frau. Was ist das dann? Wer ist es? Niemand, den ich kenne, würde so etwas machen. Jake kannte ich von früher schon, er war mein Fotograf bei mehreren Sessions. Doch dann verlor er seinen Job wegen Unzuverlässigkeit. Ja, der Grund dafür war ich, wie sich später herausstellte.

Aber jetzt, ich weiß nicht. Nein, ich kenne wirklich niemanden, der sich auffällig anders als sonst benimmt.

Ja, dass der Starke mich sofort kündigt, das war schon verwirrend, er macht sich doch sonst nichts aus dem Gerede anderer. Aber er hat gerade seine Firma verloren, es war nichts mehr zu retten, da reagiert jeder anders als sonst.

Ich zumindest wäre ausgetickt und kann ihn deswegen auch gut verstehen. Wenn die ganze Sache vorbei ist, werde ich noch einmal mit ihm reden. Vielleicht lässt er sich ja umstimmen, auch wenn meine Hoffnung nicht sehr groß ist.

„Ohhh, meine liebste Claire, was hast du nur gemacht?" Endlich, Natalia ist da. Aber wie sieht sie aus? Ihre Haare stehen wild ab. Ihre Schminke ist verrutscht und sie hat Blasen an den Händen.

Sie hat doch bestimmt seit zehn Jahren nicht mehr mit ihren Händen gearbeitet. Vielleicht ein neuer Sport? Aber wieso hat sie sich denn nicht wenigstens etwas hergerichtet?

„Natalia? Ist alles in Ordnung bei dir?" Meine Anteilnahme ist nicht gespielt. Ich habe sie nur ein einziges Mal so gesehen, da hatte sie Liebeskummer. Dabei hatte sie damals immer wieder abgestritten, dass es ein Mann gewesen sein sollte, der an ihren Gefühlen schuld sei. Nur, ich kann mir Natalia nicht mit einer Frau vorstellen.

„Natürlich, nun aber erzähle mir, was passiert ist." Pikiert schaut sie sich in meinem Zimmer um. Ja, armselig ist es, ein Bett, ein Tisch und ein Stuhl, das war's. In der Wand ist ein Kleiderschrank eingelassen, bei dem man dagegen drücken muss, damit er aufgeht. So fällt er gar nicht auf.

„Ah, Natalia, das ist eine lange Geschichte, lass uns nachher darüber reden. Ich habe keine Wechselkleidung hier, bitte kannst du mir was aus der Wohnung holen?" Wie ich es hasse, dass ich so hilflos bin, so von ihr abhängig.

Ihr Gesicht beginnt zu strahlen.

„Ich darf in deine Wohnung? Immerhin sind das deine heiligen Hallen. Ich durfte früher nicht einmal auf dein Hotelzimmer."

Ich will widersprechen, doch dann fällt mir auf, sie hat Recht. Ich habe sie noch nie in meine Wohnung oder auf mein Zimmer mitgenommen. Wieso nur? Bei anderen Models war ich doch auch nicht so. In meine Wohnung, ja, da habe ich noch nie jemanden gelassen, aber aufs Hotelzimmer?

Das hat mit Sicherheit keine Bedeutung, also schüttele ich den Gedanken ab und lächele sie an. Schnell ist alles erklärt, wo sie was findet und auch, wie sie in meine Wohnung kommt. Aber ein komisches Bauchgefühl bleibt.

23. Kapitel

Du warst nicht sehr herzlich, liebste Claire. Ich wollte, dass du mich anlächelst, liebe Claire. Aber nein, du hast nur festgestellt, dass ich heute nicht gut aussehe.

Wieso fragst du dich nicht, was ich alles für dich getan habe? Kein liebes Wort hast du für mich und meine Taten, liebste Claire. Ich bin so enttäuscht von dir.

Ja, ich werde dir deine Kleidung holen, liebste Claire, auch wenn du mich nie so sehen wirst, wie ich von dir gesehen werden will, werde ich doch alles für dich tun.

Hast du dir schon überlegt, wie du mit mir umgehst? Denkst du wirklich, ich will nur deine Freundin sein? Hast du nie gemerkt, wie ich dich wirklich sehe? All die Männer in meinem Leben, sie waren alle nur eine Farce, doch du wolltest das glauben, nicht war, liebste Claire? Wie wirst du wohl darauf reagieren, wenn ich dir die Wahrheit sage?

Ist der Krankenhausaufenthalt jetzt von Vorteil für dich? Kannst du dann besser mit den Veränderungen umgehen oder wird dir das Ganze vielleicht doch zuviel?

Mir klopft das Herz bis zu den Ohren. Ja, ich war schon öfter in deiner Wohnung. Du hattest gar nicht gemerkt, dass ich deine Schlüssel nachgemacht habe.

Wer hätte denn auch geglaubt, dass es so leicht geht? Einfach nur ein Gießsystem nutzen. Das ist auf der Toilette schnell gemacht. Meine alten Zeiten, in denen ich als Taschendieb arbeitete, haben mir doch sehr geholfen. Aber heute gehe ich das erste Mal in deine Wohnung und du hast es mir erlaubt. Wie oft habe ich schon deine Wohnung durchsucht. Du hast es nur nie bemerkt. Vielleicht doch? Wenn ich dich das eine Mal richtig verstanden habe, hast du deine Schminktasche gesucht. Du hattest einen wundervollen Lippenstift, doch du kamst zu schnell nach Hause und ich musste doch zügig weg. Da habe ich alles mitgenommen. Aber ich verspreche dir, ich bringe die anderen Sachen wieder. Nur den Lippenstift, sei mir nicht böse, den behalte ich. Er war dir so nah, so nah, wie ich dir hoffentlich auch bald sein werde.

Du hast mir aufgetragen, dir Unterwäsche mitzubringen. Ich habe da schon ein-, zweimal in die Schublade hineingesehen. Du hast so viele

Unterhosen, die jedes Gefühl in mir abtöten. Ich bringe dir Dessous mit. Ich habe da genaue Vorstellungen. Ich sehe noch vor meinen Augen, wie du mit dem roten Stringtanga auf der Modenschau in Berlin über den Laufsteg gelaufen bist. Du hast einen wunderschönen knackigen Hintern.

Bei den Gedanken daran kann ich mein wahres Geschlecht kaum noch verstecken.

Hast du eigentlich jemals mitgezählt, wie oft du mich gefragt hast, wieso ich keine Unterwäsche präsentiere? Ich habe aufgehört, aber bald weißt du wieso. Dieses Geheimnis habe ich so viele Jahre in mir getragen. Doch ich will nicht mehr, ich will frei sein.

Mit dir gemeinsam werde ich es sein. Du wirst mich lieben, so, wie du noch nie einen Mann geliebt hast.

All die Jahre war ich keusch. Am Anfang war es die Angst, es könnte jemand plaudern, dass ich in Wirklichkeit keine Frau bin? Danach war es meine bedingungslose Liebe zu dir.

Liebste Claire, hast du das eigentlich auch nur im Ansatz jemals bemerkt. Ist dir gar nicht aufgefallen, liebste Claire, dass ich nicht in Mailand war? Du hast nicht einmal Ausschau dort nach mir gehalten. Ich hatte immer gehofft, du schaust auf mich und meine Karriere. Oder interessiere ich dich gar nicht? Hast du bemerkt, dass ich dich jetzt ‚liebste Claire' nenne, wenn wir uns sehen? Sonst warst du immer nur ‚Süße'. Aber dann hat dich dieser Fotograf auch so genannt. Er wusste nicht einmal, wie ihm geschah, als er festgenommen wurde. Dann hat er das Geld eingesteckt und hat ausgesagt, dass er in deiner Wohnung war und deine Wäsche genommen hatte. Weißt du eigentlich, dass du ihn nie gesehen haben konntest? Nein, er war nie in deiner Wohnung. Bis jetzt war nur ich in deiner Wohnung. Aber das weißt du ja nicht.

Er wird wohl nie herausfinden, wer ihm den Batzen Geld gegeben hat. Die Polizei hat ihm nach seinem Geständnis auch nicht mehr geglaubt, als er es widerrufen wollte.

Tja, so bin ich davongekommen, liebste Claire, auch dieses Mal wirst du nicht glauben, dass ich es war, der deine Wohnung betrat. Dass ich es war, der diese beiden heuchlerischen Männer beseitigt hat.

Wenigstens hast du nach meinem Befinden

gefragt, aber dir sind nicht meine geschundenen Finger aufgefallen. Dabei tun sie wirklich furchtbar weh. Also bis nachher, liebste Claire.

24. Kapitel

Nachdem ich von meinem Gespräch bei der Ärztin herauskomme, fühle ich mich erleichtert. Ich hatte das Gefühl, als würde mir Frau wirklich zuhören. Sie war dieses Mal nicht so genervt und verwirrt wie gestern Abend. Es ist Essenszeit und ich sollte mich zu den anderen an den Tisch setzten. Ich bin mir sicher, ich kann keinen Bissen herunterbekommen. Aber ich fühle mich von den Pflegern der Station beobachtet und ich möchte nicht, dass ich als unkooperativ gelte.

Die Ärztin wusste genau, wann ich auf dem Flur war, dass ich eine Zeitung gelesen hatte und ich früher als Model gearbeitet habe. Das habe ich nur dem Pfleger erzählt, ja, und natürlich weiß es auch die Polizei. Die hat sich ebenfalls noch für heute angemeldet. Hoffentlich kommen die, wenn Natalia wieder weg ist. Ich möchte Natalia nicht beunruhigen, indem sie die ganze Wahrheit erfährt. Die Zeit vergeht gar nicht. So lange kann meine Freundin doch nicht brauchen, um alles zu finden. Ich habe ihr doch alles sehr genau beschrieben. Was mich, jetzt wo ich darüber nachdenke, stutzig macht, ist die Tatsache, dass Natalia sofort verstand, als ich ihr erklärte, wo sie was findet. Sie sagte sofort ‚ja, verstehe ich'. Dabei sagen immer alle Leute, ich sei so schlecht im Erklären. Links und rechts verdrehe ich gern, eben typisch Frau. Und wieso schießen mir immer wieder die Zweifel durch den Kopf? Ich sehe in jedem einen Feind.

„Frau Pekut, die Herren von der Polizei sind da. Ich wollte sie in den Therapieraum bringen, da können sie sich besser unterhalten, doch sie haben lieber draußen gewartet." Der nette Krankenpfleger schaut freundlich lächelnd in mein Zimmer.

Wäre ich keine Patientin und wäre diese Situation nicht so vertrackt, ich glaube, ich würde versuchen, mit ihm ein Date zu vereinbaren. Lächelnd stehe ich auf und folge ihm.

Wie unangenehm, genau jetzt ist die alte Dame wieder am rumtoben. Die beiden Polizisten stehen genau vor ihr und sie schreit die beiden an. Doch sie lächeln nur unverbindlich.

Ich kenne die beiden gar nicht. Ich hätte wetten können, Herr Hessler lässt es sich nicht nehmen, mich zu verhören. Ihm schien es eine besondere Freude zu machen, mich zu quälen.

„Guten Tag, Frau Pekut, wie geht es Ihnen?" Wie freundlich die beiden sein können. So ganz anders als der Hessler oder seine zickige jüngere Kollegin.

„Haben Sie herausgefunden, ob der Mistkerl Jack noch im Staatsgefängnis ist?" Ich halte mich nicht mit freundlichen Floskeln auf. Ich will, dass es endlich aufgeklärt wird, und ich dieses Terrorhaus hier verlassen darf.

„Ja, er ist da noch drin, nach einer Schlägerei wurde sein Aufenthalt noch ein wenig verlängert. Die Amerikaner sind da sehr viel strenger als wir hier." Dass dem jüngeren Polizisten das gefällt, sieht man ihm sofort an. Seine Augen leuchten kurz auf und er lächelt leicht vor sich hin.

Meine Hoffnung auf eine schnelle Lösung schwindet dahin.

„Wer war denn dann in meiner Wohnung?" Wieder kommt ein bedauernder Ausdruck. Genau der gleiche wie gestern auf der Wache von dem anderen Polizisten. Aber ich brauche kein Lächeln, ich brauche Antworten. Sicherheit, mehr verlange ich doch gar nicht. Und die nächsten Worte der Polizisten zeigen mir, dass man mir weiterhin nicht glauben will oder vielleicht auch nicht kann.

„Niemand, Frau Pekut, die Kollegen haben doch Ihre Wohnung kontrolliert." Ich schüttele meinen

Kopf. Wieso beharren die weiter auf dieser Lüge? Was habe ich denen getan? „Wie erklären Sie sich dann die Stimme, die ich gehört habe?" Zickig fauche ich die Polizisten an. Ich habe jegliche Freundlichkeit verloren, denn die bringt mich auch nicht weiter.

„Das können wir nicht, ein Grund, wieso Sie auch hier sind, Frau Pekut." Wieso kann der Kerl mich nicht anschauen? Was ist so interessant an seinen Fingern? Es ist eine Unart von Menschen, lieber auf ihre Finger zu schauen als dem Gegenüber ins Gesicht.

„Wir müssen mit Ihnen über den Brand und über Ihren Kollegen Frank Merrwars sprechen." Was? Wieso sollten wir über Frank sprechen? Hat er doch etwas damit zu tun? Hat sich mein Bauchgefühl doch nicht getäuscht? Ich verstehe die Welt nicht mehr.

„Was ist mit ihm?" Angespannt sitze ich auf meinem Stuhl und starre ihn an.

„Er ist seit gestern verschwunden. Sein Lebensgefährte meinte, er wollte nur kurz Brötchen kaufen und ist danach nicht wiedergekommen."

Brötchen kaufen und dann nicht wiederkommen? Das hört sich wie ein

Schuldeingeständnis für mich an. Dass ich damit nichts zu tun habe, muss doch allen klar sein. Immerhin bin ich hier gefangen.

„Hat er den Brand gelegt?" Meine Stimme hört sich zittrig an. Wenn er es gewesen war, wie konnte er so grausam sein? Es ist ein Mensch gestorben, er hatte doch bei uns immer den freundlichen und netten Kollegen gemimt und ich habe es ihm abgenommen.

„Das glauben wir kaum, denn die Brötchen lagen vor seiner Haustür. Sein Lebensgefährte hat wohl einige neugierige Nachbarn befragt und die meinten, er sei mit einer Frau mitgegangen."

Einer Frau? Sollte es etwa heißen, dass er in Wirklichkeit nicht einmal schwul ist? Was war in meinem Leben eigentlich noch echt?

„Frau Pekut, die Beschreibung deutet ein wenig auf Sie hin."

Verdammt, was will dieser Polizist mir damit sagen? Werde ich nun beschuldigt, eine Affäre mit Frank gehabt zu haben?

Der Polizist räuspert sich.

„Die Nachbarin, die das Ganze gesehen hat, meinte auch noch, dass Herr Merrwars nicht ganz freiwillig mitgegangen sei."

Nicht freiwillig? Was meint er damit?

„Verdammt, was wollen Sie mir sagen? Gestern Morgen war ich schon in Ihrem Gewahrsam, es kann also nicht sein, dass mich Ihre Zeugin gesehen haben will." Es fällt mir wie Schuppen von den Augen, sie denken wirklich, ich hätte Frank entführt. Aber wenn das gestern Morgen war, kann ich es nicht gewesen sein. Da haben sie mich ausgeknockt, wie sie ja wohl in ihrer Akte stehen haben. Haben die denn keine Ahnung von dem, was sie machen?

„Ja, das stimmt. Uns ist aber aufgefallen, Frau Pekut, dass es von Ihnen erst Unterlagen seit etwa zehn Jahren gibt. Was ist mit Ihnen davor gewesen? Es fehlen etwa, wenn ich Sie so anschaue, zwanzig Jahre. Nennen Sie uns neugierig, aber wir würden gerne wissen, wer Sie wirklich sind."

Es musste irgendwann passieren, dass mich meine Vergangenheit einholt.

„Achtzehn Jahre fehlen in Ihren Unterlagen." Mit leiser Stimme, und sofort wieder an meinen Fingernägeln knabbernd, antworte ich.

Der ältere der beiden, der die ganze Zeit geschwiegen hatte und beinahe so aussah, als würde ihn die Angelegenheit nicht interessieren, zückt sein Notizheft und einen Stift.

Er sieht so aus, als würde er sofort losschreiben. Ich muss den beiden die Wahrheit erzählen, sonst werden sie nie den Verdacht gegen mich fallen lassen.

„Beginnen Sie von Anfang an." Tja, wie sollte ich das auch anders machen.

„Das ist schnell erzählt: Ich hatte einen Vater, der immer wieder zu Verbrechen neigte. Als er mal wieder, wegen angeblicher guter Führung, aus dem Knast kam, war mir klar, es wird nicht lange halten. Also habe ich mir genau an meinem achtzehnten Geburtstag von meinen Gagen eine Namensänderung geleistet. Es gibt Akten, die unter Verschluss sind. Wenn Sie möchten, unterzeichne ich Ihnen die Einverständniserklärung, um sie öffnen zu lassen. Dann müssen Sie keine richterliche Verfügung einholen."

Es hatte mich einiges gekostet, damit unsere Verbindung verschwand. Ich dachte immer, es wird mich nie wieder einholen. Doch weit gefehlt.

Mit hochgezogener Braue schaut mich der ältere Beamte an.

„Wie hießen Sie denn davor?"

Wie peinlich, ich habe mir einen französischen Namen ausgesucht, damit ich mich wie ein Weltstar anhöre. Wie eitel war ich damals? Heute würde ich zwar immer noch den Namen ändern, damit ich nie in einen Topf mit meinem Vater geworfen werde, aber ob es so ein hochtrabender Name sein muss? Ich weiß nicht.

„Ich habe eine Frage gestellt." Er ist nicht besonders geduldig mit mir.

„Maria Mayer, mit A Y." Doch beide Beamte verziehen keine Miene.

„Haben Sie eine Zwillingsschwester, die so aussieht wie Sie?" Doch darauf kann ich nur mit dem Kopf schütteln. Glücklicherweise haben meine Eltern nur einmal den Fehler begangen, ein Kind zu zeugen. So wie mein Vater mich immer geschlagen und meine Mutter alles beobachtet hatte, wäre es für ein weiteres Kind genauso schlimm geworden wie für mich.

„Ihr Geburtsdatum? Und Ihr Geburtsort?" Daran habe ich nie etwas ändern lassen, obwohl das in Amerika sogar möglich wäre. Nur bei der Angabe der Eltern habe ich ‚unbekannt' geschrieben.

„Diese Angaben stimmen in meinem Ausweis."

Wieso hatte ich immer gehofft, dass das niemals relevant wird? Selbst bei der Gerichtsverhandlung in Amerika haben sie mich nicht danach gefragt.

„Was ist mit Ihren Eltern?"

„Ja, eine gute Frage, beide sind tot. Meine Mutter war, bevor sie gestorben ist, schon lange sehr schwer krank. Aber mein Vater ist einfach über Nacht gestorben. Es hieß, es wäre ein Herzinfarkt gewesen. Aber ich habe nie daran geglaubt."

Ich höre das Kratzen des Stiftes auf dem Zettel. Es fühlt sich seltsam an, denn ich spreche zum ersten Mal meine Zweifel laut aus.

„Warum haben Sie nie daran geglaubt?"

Unruhig wippe ich mit dem Fuß. Diese Frage habe ich mir so oft gestellt, doch nie eine Antwort darauf gefunden.

„Ich weiß es wirklich nicht."

„Wo waren Sie denn, als Ihr Vater starb?" Wieder so eine Anspielung darauf, dass ich jemanden getötet haben soll. Wenn es nach der Polizei geht, bin ich eine wandelnde Serienkillerin. Dabei will ich doch nur meinen Frieden und meine Ruhe.

„So weit weg, weiter geht es kaum. Während er hier in Hamburg starb, war ich in den Vereinigten

Staaten und an einer Gala teil, die ich als Co-Moderatorin begleitet habe." Sollten die beiden dafür Zeugen brauchen, wäre es einfach, sie müssten nur auf YouTube gehen. Damals stand ich so im Rampenlicht, dass es mehr Videos von mir gab, als ich es jemals mir zu träumen gedachte.

„Sie sind also wirklich mal Model gewesen?" Seine Augen wandern an mir auf und ab. Wenn er an mir zweifelt, würde ich ihn sogar verstehen. Gerade sehe ich eher wie eine Vogelscheuche ohne Feld aus. Aber so hässlich kann ich auch nicht sein, dass man mit ein wenig Fantasie mich nicht als Model erkennen würde.

„Ja, und wenn ich meinem ehemaligen Manager glauben darf, sogar recht erfolgreich." Dass dies eine Untertreibung ist, muss ich dem Polizisten ja nicht sagen, ich war das IN-Model über Jahre.

„Sie müssen verstehen ..." Doch dieses Mal lasse ich den Beamten nicht ausreden. Wutentbrannt fahre ich dazwischen.

„Nein, ich muss nicht immer alles verstehen. Wissen Sie, was für ein Horror die letzten Tage für mich waren?"

Tief atme ich ein und aus und rede dann, bevor der Beamte das Wort wieder an sich reißen kann, weiter.

„Alles begann mit den Liebesbriefen. Danach breche ich einem Mann aus Versehen die Nase." Kaum habe ich das ausgesprochen, bereue ich es auch schon. Es ist nicht gerade positiv für mich. Aber ich muss endlich mal meinem Herzen Luft machen.

„Dann werden aus den Liebesbriefen Drohungen und keine Woche später höre ich, dass genau der Mann, den ich verletzt habe, an Rizin gestorben ist. Aber damit ist ja noch lange nicht genug. Anschließend brennt das Haus ab, in dem sich meine Arbeitsstelle befand. Das Ganze auch noch zu einem Zeitpunkt, der einfach Scheiße war. Ich hatte mich vorher ständig mit meinem Chef gestritten. Bei dem Brand starb ein Sicherheitsbeamter. Er war so ein herzensguter Mensch. Leider haben wir ihm nie genug Aufmerksamkeit geschenkt. Dann diese Stimme in meiner Wohnung, wobei Ihre Kollegen bis heute noch behaupten, es wäre niemand dagewesen."

Ich merke, dass mir eine Träne über die Wange läuft. Wütend wische ich sie weg. Keiner soll eine Schwäche von mir erkennen können.

„Sie haben Ihren Kollegen Frank Merrwars wohl

schon wieder vergessen?"

Die Stimme des Beamten ist ironisch und ich weiß genau, er will mich provozieren.

„Nein, wie sollte ich ihn vergessen? Was ist, wenn der Stalker auch ihn auf dem Gewissen hat, denn immerhin ist Frank mit mir zusammen auf die Wache gegangen, und ich hatte ihn auch gebeten, nach dem Duft Ausschau zu halten?"

„Dem Duft?" Der jüngere der beiden Polizisten starrt mich verwirrt an.

„Ja, die Briefe rochen moschusartig."

„Und?" Natürlich wollen die beiden jetzt wissen, ob er erfolgreich war. Doch das war er ja nicht und wenn mein Bauchgefühl recht hat, wird er mir nie wieder helfen können. Warum habe ich nur je an ihm gezweifelt.

„Wen hatten Sie denn in Verdacht?" Mein Schweigen ist den Beamten Antwort genug.

Ich will keine Namen nennen, denn ich bin mir bei keinem sicher. Aber als der Starke so nach diesem Parfüm roch, da war ich doch sehr überzeugt. Aber will ich einen Unschuldigen in Bedrängnis bringen? Vielleicht war das ja auch nur Zufall?

„Sie denken doch an jemanden, oder?" Dieses

Mal spricht mich der ältere Beamte wieder an.

„Ach, vermutlich nur ein Irrtum, und ich will niemanden die gleichen Probleme bescheren, wie ich sie jetzt habe."

Kopfschüttelnd schauen mich beide Polizisten an.

„Frau Pekut oder doch eher Mayer?" Sofort schüttele ich wie wild den Kopf.

„Pekut, meine Namensänderung ist rechtskräftig."

Sofort hebt er beschwichtigend die Hände.

„Wir werden es ja sehen. Also Sie sind hier, weil Sie Polizisten angegriffen und uns den Eindruck vermittelt haben, dass Sie psychisch angegriffen sind.

Nett umschrieben, finde ich. Aber ich lasse mich auf keine weitere Diskussion in diesem Bereich ein.

„Nein, ich werde da keine Namen nennen, denn es ist nicht fair, ohne Beweise etwas gegen jemanden zu behaupten. Das scheint die übliche Vorgehensweise der Polizei zu sein, außerdem will ich niemand anderen unschuldig hier reinbringen." Den Seitenhieb kann ich mir nicht mehr verkneifen. Es scheint alles gesagt zu sein, denn die beiden stehen auf und deuten an, dass sie mich wieder auf die Geschlossene Station bringen wollen. Keine Sekunde zu früh, wenn sie nichts Neues beitragen können.

25. Kapitel

Wütend renne ich auf mein Zimmer. Wie können die Beamten nur so mit mir umgehen? Ich höre zwar, dass der Pfleger, der die Glastür zur Geschlossenen geöffnet hat, etwas sagt, aber es erreicht mich nicht. Ich will nur alleine sein.

„Verdammte Idioten, denken die denn ernsthaft, dass ich jemanden töten könnte?" Laut pöbele ich vor mich hin.

„Du stehst jetzt unter Verdacht? Das wollte ich nicht." Erschrocken über Natalias Stimme bleibe ich stehen. Wann ist sie gekommen und wieso weiß ich davon nichts? Ah, vermutlich war es das, was der Pfleger mir erklären wollte. Aber was hat sie gerade gesagt? Das wollte sie nicht? Wie kann sie das gemeint haben?

„Was meinst du, das wolltest du nicht?" Direkt schaue ich sie an. Aber sie hebt die Hände, als wüsste sie nicht, wovon ich rede.

„Natalia, wie hast du das eben gemeint?" Meine Stimme überschlägt sich regelrecht. Sie kommt zwei Schritte auf mich zu. Aber ich will sie nicht so nah bei mir haben. Ich taumele zurück und falle fast über den Stuhl, der mitten im Raum steht.

"Claire, bitte lass uns reden." In diesem Augenblick begreife ich, sie war das alles. Wieso wusste ich nicht, nur der eine Gedanke schoss mir immer wieder durch den Kopf: Nathalie hat die Menschen getötet. Aber wer war für die Briefe verantwortlich? Sind sie auch von ihr gekommen?

Obwohl, nein, das konnte sie nicht gewesen sein. Nathalie stand doch auf Männer. Aber wieso dann ihre Aussage, dass sie das nicht wollte? Kann es doch sein? Wenn sie es aber war, warum wollte sie mich von den Männern fernhalten? Eifersucht konnte es nicht sein. Sie hat doch alles. Sie ist ein echt gutes Model und ich bin nicht mehr aktiv in diesem Job. Okay, sie hatte es nie bis ganz nach oben geschafft, weil sie nicht als Unterwäschemodel laufen wollte. Aber was habe ich sie dafür bewundert, dass sie ihren Prinzipien treu geblieben ist.

„Was hast du gemacht?", presse ich zwischen den Zähnen hervor.

„Bitte setze dich doch, wir müssen reden. Wir beide über unsere gemeinsame Zukunft."

Zukunft? Welche Zukunft kann sie meinen? Nein, ich will weg, raus hier, aber sie steht zwischen mir und der Tür. Wenn ich schreie, hilft es? Werden dann die Pfleger kommen oder wird man denken, die Olle spinnt wieder? Verdammt, in was für eine Lage hat mich Natalia da nur gebracht?

„Natalia, es gibt keine Zukunft für uns beide. Wir sind Freunde ..." Sind wir das wirklich? Ich kann doch nicht mit einer Mörderin befreundet sein. Ich habe ihr alles anvertraut.

„Ich meine, ich dachte, wir wären Freundinnen." Ich stottere und versuche mich an meinem Bettpfosten festzuhalten.

„Hör auf, du weißt ganz genau, wir gehören zusammen!" Ihre Stimme ist laut und überschlägt sich. Ich unterbinde den Drang, mir die Ohren zuzuhalten. Bloß keine Schwäche zeigen. Immer und immer wieder wiederhole ich diesen Satz. Wie so oft in den letzten Tagen habe ich diese Gedanken.

„Bitte, Natalia, hör auf, du bist doch nicht bei Sinnen." Wieso hört uns da draußen niemand? Wieso kommt mir niemand zu Hilfe?

Ich mache einen Schritt auf die Tür zu. Hilfe, ich brauche Hilfe, schreit alles in mir.

„Nein, Claire, oder soll ich dich lieber Maria nennen?" Woher weiß sie das, zu dieser Zeit waren wir noch nicht befreundet? Nie habe ich ihr davon erzählt. Wie lange geht das schon so?

„Ja, ich weiß alles von dir, auch von deinem Vater. Warst du nicht erleichtert, als er tot war?" War sie das auch schon? Oh mein Gott, wie lange ist sie schon hinter mir her?

„Ja, und du denkst wirklich, dass ich eine Frau bin, stimmts?" Was sollte sie sonst sein? Was ist hier los, was ist mit ihr los? Sie braucht die Hilfe. Was soll sie anderes sein als eine Frau? Immerhin hat sie doch so lange als Model gearbeitet. Sie lässt mich nicht zur Tür und schubst mich hart zurück. Ich falle auf den Boden. Angst durchströmt mich, ein Schauer läuft mir über den Rücken. Nicht einmal mein Vater hatte es geschafft, mir solche Angst einzuflößen.

„Du bleibst bei mir, für immer, liebste Claire." Die letzten Worte spuckt sie fast aus. Noch nie hatte ich so eine Angst vor jemandem. Nicht mal vor Jack. Ich muss sie von der Tür wegbekommen. Vielleicht hilft es, wenn ich ruhiger werde. Damit sie denkt, dass sie in Sicherheit ist.

„Bitte, Natalia ..." Doch weiter komme ich nicht, sie unterbricht mich sofort wieder.

„Du hast es immer noch nicht verstanden, oder?" Was habe ich nicht verstanden? Das sie irre ist? Doch, das habe ich, sogar sehr deutlich. Und dass ich vor ihr Angst haben muss auch. Ich erkenne sie nicht wieder.

„Willst du es denn nicht verstehen?" Doch wie gerne würde ich es. Vielleicht wird sie ruhiger, wenn wir sitzen? Auch wenn meine Chancen dann geringer werden, dass ich die Tür erreiche, habe ich die Hoffnung, hier heil herauszukommen.

„Bitte, Natalia ..." Doch damit verschlimmere ich es nur noch.

„Ich heiße eben nicht Natalia, verstehst du das denn nicht? Mein Name ist Viktor!" Ich verstehe nichts mehr, hat sie sich operieren lassen, um ein Mann zu sein? Wenn ja, wann und wieso? Sie stand doch immer auf Männer und ist mit denen jeden Tag unterwegs gewesen.

„Seit wann?" Mehr bekomme ich nicht mehr heraus.

Ein kehliges, hartes Lachen schallt mir entgegen.

„Na, schon immer!" Immer? Aber das kann doch nicht sein. Was will sie mir nur damit sagen?

„Ich dachte immer, du seist eine intelligente Frau, Claire. Ich bin ein Mann, bin als solcher geboren." Heißt das, sie, ähh …, nein, ich meine, er hat sich zu einer Frau operieren lassen?

„Verdammt, nein, ich habe schon immer Gefühle

als Mann dir gegenüber. Liebste Claire, all die Jahre habe ich nur dich geliebt und was war? Hast du mich jemals wirklich so gesehen wie ich bin?" Sie, nein, er, Gott ist das kompliziert, scheint meine Gedanken lesen zu können. Aber Natalia kann ich mir gar nicht als Mann vorstellen.

„Aber du, also ja, wie soll ich es sagen?" Ich bin so sprachlos, dass ich mich auf den Stuhl, der neben meinem Bett staht. Erleichterung macht sich auf Natalias Gesicht, die eigentlich Viktor heißt, breit. Wie konnte ich nur all die Jahre belogen werden?

„Ich habe aus dem einfachen Grund nie für Unterwäsche gemodelt, weil es dann für alle klar gewesen wäre, dass ich keine Frau bin. Das war mein kleines Geschenk für dich." Spinnt er jetzt total? Ich meine, er war doch schon Model, als ich erst anfing. Ich muss hier raus! Er ist ein Mörder und ich bin in Gefahr.

Mit einem Satz springe ich auf und versuche, die Tür zu erreichen. Dabei schreie ich so laut, dass mich hoffentlich die Pfleger draußen hören.

„Nein, Schatz, du entkommst mir nicht, wenn ich dich nicht bekomme, dann bekommt dich keiner." Dabei sehe ich etwas Kleines aufblitzen. Eine Nadel? Er wird mich doch nicht mit Rizin vergiften? Ich will nicht so leiden, wie Johann und dann geht alles sehr schnell.

Die Tür wird aufgerissen, die beiden Polizisten, die vorhin mit mir im Gespräch waren, stürmen in das Zimmer. Ich spüre einen Pieks und dann taumele ich gegen die Wand. Dunkelheit legt sich über mich. Ruhe, wunderbare Ruhe umspielt mich.

26. Kapitel

„Frau Pekut?" Ich bin in die Hölle gekommen. Die Stimme, ich werde sie nie wieder vergessen.

Langsam öffne ich die Augen und mein Albtraum geht weiter. Der Hessler und seine junge Kollegin, die schon in meiner Wohnung waren, die beiden, die dafür verantwortlich sind, dass ich in die Geschlossene eingewiesen wurde, stehen vor meinem Bett. Langsam blicke ich mich um. Es ist ein normales Krankenbett. Neben meinem eigenen steht noch ein weiteres Bett und es sind Nachttische da. Das Nachbarbett ist zwar leer, aber dafür ist mein Nachttisch umso überfüllter mit Blumen und Pralinen. Habe ich das alles nur geträumt? Bin ich einfach krank geworden und jetzt ist alles wieder gut? Doch was würden dann diese beiden hier machen. Sie wären dann doch nur ein Teil meines Traumes. Oder träume ich immer noch?

„Schön, dass Sie wieder bei uns sind." Meint er das wirklich ernst? Seine Stimme ist sanft und ruhig, nicht so herrisch und laut wie sonst. Ich versuche, mich ein wenig aufzusetzen, doch er hält mich vorsichtig zurück.

„Nicht so hastig, Sie haben ganz schön was

abbekommen und sollten es ruhiger angehen lassen."

„Verdammt, hat sie ... oh nein, ich meine, er mir Rizin gespritzt?" Doch wieder kommt ein besänftigendes Lächeln. Der Polizist will mir doch nicht erzählen, dass ich mir das auch nur eingebildet habe, oder? Ich würde es ihm ja zutrauen.

„Sagen Sie nicht, dass alles ist nicht geschehen und ich hätte es mir nur eingebildet. Genauso, wie ich mir ja angeblich nur die Stimme eingebildet haben soll. Oder, dass überhaupt irgendwer in meiner Wohnung war. Aber eines sage ich Ihnen, ich bin nicht irre."

Damit muss ich etwas angesprochen haben, was ihn zerknirscht dreinblicken lässt.

„Nein, Frau Pekut, Sie hatten mit allem recht. Es gab diese Stimme in Ihrer Wohnung, es war auch jemand dort und nein, ich glaube nicht mehr, dass Sie verwirrt sind.

Als wir Herrn Viktor Kusnezow vorgestern ..."

Vorgestern? Das kann nicht sein, das Ganze ist doch gerade erst geschehen.

„Ja, ich nehme an, dass es Ihnen schwerfällt, mir das zu glauben, aber Ihr Körper hat vermutlich abgeschaltet nach dem ganzen Stress. Aber es war wirklich schon vorgestern. Die Ärzte hatten uns informiert, dass Sie langsam wieder zu sich kommen. Uns war wichtig, dass Sie von uns die Wahrheit erfahren. Na ja, wir waren auf alle Fälle direkt nach der Festnahme noch einmal in Ihrer Wohnung. Wir haben sie komplett auf den Kopf gestellt und haben kleine Lautsprecher gefunden, die in der Nachttischlampe waren. Diese waren mit einer Anlage in der Wohnung von Herrn Kusnezow verbunden. Er hat vermutlich in der Nacht versucht, mit ihnen zu reden."

Was für eine seltsame Geschichte? Will er mich veräppeln? Erst musste ich erfahren, dass meine beste Freundin ein Mann ist. Über mehrere Jahre wurde ich angelogen. Aber damit nicht genug, nein, er war auch noch in mich verliebt. Er hat Johann mit Gift getötet, einen älteren Mann beim Brand tödlich verletzt und dann ist da noch Frank.

„Frank, was ist mit Frank?" Wieder versuche ich mich aufzusetzen. Er hatte doch etwas von ihm gefaselt und die beiden Polizisten meinten, eine Frau wie ich hätte ihn ... Ja, was eigentlich?

Aber der Beamte muss nichts sagen. Er ist blass geworden und schaut auf seine Füße. Ich will nur noch eines wissen, wieso?

„Wir sind uns noch nicht so sicher, aber der Verdächtige hat gestanden, schon sehr lange in Sie verliebt zu sein. Er hat auch erklärt, dass er Ihren Vater getötet hat, weil Sie ihm mal erzählt hatten, dass Ihr Vater Sie immer geschlagen hat als Kind. Den Brand hat er gelegt, damit Sie nicht mehr dorthin müssen. Sie hatten wohl öfter Streit mit Ihrem Chef, und er wollte Sie von ihm befreien."

Wenn Natalia, nein, ich meine Viktor, mich so beschützen wollte, dann kannte er mich nicht sehr gut. Ich kann mit Stress umgehen, aber mit dem Tod ...

„Wieso hat er den netten alten Herren getötet? Und wieso Frank?" So viele Menschen mussten wegen mir sterben. Wie kann ich jemals wieder jemandem vertrauen?

„Weil er Sie geliebt hatte und es nicht anders zeigen konnte." Jetzt erst sehe ich die Psychiaterin von der Geschlossenen. Sie sitzt in der Ecke auf einem Stuhl. Freundlich lächelnd steht sie auf und die beiden Polizisten machen ihr Platz.

„Es wird bestimmt noch einige Zeit dauern, bis wir genau wissen, woran Herr Kusnezow leidet, aber ich will Ihnen sagen, Sie hätten es nicht verhindern können."

Nein, das glaube ich nicht. Ich hätte doch irgendwas erkennen müssen.

„Ich weiß genau was Sie denken, Frau Pekut, aber Sie sind nicht schuld daran." Ihre Stimme ist sanft, aber nachdrücklich.

„Er hat das alles gemacht, weil er Sie liebte und es nicht zeigen konnte."

Sprachlos starre ich sie an.
Alles nur aus Liebe?

2 Jahre später

Wieso habe ich diesem Täter-Opfergespräch zugestimmt?

Es ist jetzt beinahe zwei Jahre her und mit Hilfe meiner Psychologin bekomme ich langsam mein Leben wieder in den Griff.

Heute soll ich dem Mann wieder begegnen, den ich nur noch einmal gesehen habe - während des Prozesses. Damals hat Viktor kein Wort gesagt. Aber alleine der Anblick war schon so schrecklich. Heute soll es ein Termin mit ihm, mir und unseren Ärzten geben. Er wurde lebenslänglich mit anschließender Sicherheitsverwahrung verurteilt. Für mich ist das eigentlich immer noch zu wenig. Doch in Deutschland ist das die härteste Strafe, die er bekommen konnte. Wenn man mich fragt, was ich mir gewünscht hätte, antworte ich darauf ungern.

Fingernägel kauend stehe ich vor dem Raum, hinter der Tür sitzt er. Viktor sollte schon vor mir dahin gebracht werden, damit wir uns nicht auf dem engen Flur treffen. Wir sind extra nach Hannover ins Gefängnis gefahren und alles in mir schreit: *Hau wieder ab, gehe nach Hause, suche deinen Frieden woanders.*

Aber ich will auch endlich Antworten haben.

„Frau Pekut, sind Sie bereit?" Die Frau, die mit mir seit zwei Jahren daran arbeitet, dass ich wieder Menschen vertrauen kann und überhaupt so etwas wie Struktur in mein Leben bekomme, lächelt mich aufmunternd an. Wenn sie bei mir ist, weiß ich, kann mir wenig passieren. Aber was, wenn doch?

Als ob sie meine Gedanken lesen kann, deutet sie auf zwei Männer in einem Raum neben dem unseren.

„Wenn irgendetwas ist, sind die beiden schneller bei uns als er ‚Piep' sagen kann. Aber sein psychologisches Team ist sich sicher, dass er soweit ist, dass er Ihnen Antworten geben kann und mittlerweile begriffen hat, dass seine Taten nichts mit wirklicher Liebe zu tun hatten."

Ja, das betont Frau Kubic immer und immer wieder. Das war wohl die wichtigste Voraussetzung dafür, dass alle Beteiligten diesem Treffen zustimmten.

Ich atme noch einmal tief ein, und dann straffe ich meine Schultern und nicke. Ja, ich will es hinter mich bringen. Mit diesem Treffen soll endlich die ganze Sache für mich abgeschlossen werden. Ein neues Leben steht vor mir und ich brauche die Kraft, um es aufzubauen. Vor drei Wochen habe ich einen Resthof gekauft. Es sind schon drei Pädagogen eingestellt. Eine Zulassung vom Jugendamt habe ich trotz dieses schrecklichen Vorfalles erhalten und ich kann ein Wohnprojekt für Mädchen, die missbraucht wurden, verwirklichen. Auch wenn ich selber nur die Schirmherrin bin und die Buchhaltung machen werde, so bin ich überzeugt, dass ich dennoch stabil genug sein werde, damit das Ganze ein Erfolg wird.

Frau Kubic öffnet schwungvoll die Tür zum Raum und da sitzt er schon. Nicht mehr in den Frauenkleidern, die er über Jahre jeden Tag getragen hatte, sondern in einem Anzug. Wie konnte ich nur jemals denken, dass er eine Frau sei? Ja, er hat zugenommen, wobei, wenn ich genauer hinsehe, scheinen es von den Medikamenten zu kommen, denn sein Gesicht ist aufgedunsen.

„Claire, danke, dass du gekommen bist." Er ist sichtlich erleichtert. Auch er scheint daran gezweifelt zu haben, dass ich hier erscheine. Wie gerne würde ich sofort wegrennen. Aber ich habe noch Fragen.

Kaum sitze ich auf meinen Stuhl, rutscht mir eine auch sofort heraus.

„Wieso ich?" Es hört sich egoistisch an und ich wünsche niemandem, dass er das erleben muss, was ich durchlebt habe und immer noch durchlebe.

Eine Stille senkt sich über den Raum. Viktor schaut auf den Tisch, als stände dort die Antwort. Die beiden Ärzte sitzen schweigend vor ihren Mappen und sind auch keine große Unterstützung. So habe ich mir dieses Treffen nicht vorgestellt.

„Ich habe all die Jahre geglaubt, dich zu lieben." Seine Stimme hört sich nachdenklich an.

„Aber, ich habe das falsch eingeschätzt. Du musst wissen, das einzige, was nie gelogen war, ist, dass ich arm war. So arm, dass ich nie wusste, ob ich den nächsten Tag überstehen kann. An einigen Tagen hatte ich nur trockenes Brot und etwas Wasser, an anderen Tagen nicht mal das." Sein Blick ist leblos, er starrt die Wand an, während die Worte aus ihm kommen.

„Du musst wissen, in Kiew werden die Obdachlosen nicht selten durch die Straßen gejagt. Als Mann, der so weiblich aussieht wie ich, hatte ich keine Chancen."

Wieder bricht er ab. Tränen steigen in meine

Augen. Wieso habe ich jetzt Mitleid mit ihm? Aber ich sehe ihn als jungen Mann auf der Straße. Ich kenne Kiew gut und weiß, dass es kein Zuckerschlecken gewesen sein kann. Aber dennoch erklärt es für mich nicht, wie alles so kommen konnte.

„Ich habe dann angefangen, mich wie eine Frau zu kleiden. Auf Frauen wird in Kiew nicht so geachtet wie auf uns Männer. Verdammt ich wurde ein richtig guter Taschendieb." Seine Stimme hat einen nicht zu überhörenden Stolz in sich.

„Dann, und auch das ist keine Lüge gewesen, habe ich meinen zukünftigen Manager getroffen. Er war von meiner Eleganz und Weiblichkeit so überrascht." Will Viktor damit andeuten, dass sein Manager wusste, dass er in Wirklichkeit ein Mann war? Hat Serge uns alle die ganze Zeit belogen?

„Ja, er wusste es und wir sind übereingekommen, dass es erst einmal unser Geheimnis bleiben soll. Transsexuelle haben bis heute nicht die Möglichkeit, in unserem Business ganz nach oben zu kommen. Unser Stammfotograf wusste es auch." Wie viele Menschen haben mich und die ganze Welt belogen?

„Claire, du weißt, für diese Menschen zählt doch

nur das Geld. Dass du anders bist, habe ich schnell bemerkt. Irgendwann habe ich mich in dich verliebt." Sofort ekelt es mich. Wie kann ein Mensch, der alle belogen und vier Menschen getötet hat, lieben und dann auch noch mich?

„Ich verstehe dich, dass du es nicht glauben kannst, aber es ist so."

Ich will es ja gerne glauben, aber es ist so absurd.

„Warum hast du all die Menschen getötet?"

Sofort ist er wieder ruhig und starrt auf den Tisch. Aber ihm muss doch klar gewesen sein, dass ich diese Frage stelle.

„Weil ich wirklich dachte, ich muss dich schützen." Schützen? Man hätte mich vor ihm schützen müssen und all die armen Seelen.

„Claire, ich weiß, dass du noch eine wichtige Frage hattest. Du warst, als ich dazu ausgesagt habe, nicht im Gericht."

Ja, ich war nur zu meiner Aussage da, mehr hätte ich damals nicht geschafft und auch heute merke ich, es geht mir sehr schlecht, mit ihm in einem Raum zu sitzen, die gleiche Luft zu atmen, aber ich muss abschließen lernen.

„Du hattest dich damals gefragt, wie ich rein-

und rausgekommen bin. Ich hatte einen Schlüssel nachgemacht. Es war so leicht. Es gibt im Internet ein Set zu kaufen, womit man einen Abdruck machen kann. Den habe ich ausgegossen und dann ein wenig geschliffen und gut war's. Und du hattest die Feuerleiter vergessen, die wurde angebracht im vorletzten Jahr, die habe ich genutzt. Anfangs hatte ich Sorgen, aber es war so leicht. Ihr hattet alle nicht darauf geachtet, dass die Fenster verriegelt waren."
So leicht war es für ihn? Wieso hatte ich nie darauf geachtet? Mir war doch sonst immer meine Sicherheit so wichtig.

„Nein, Claire, es war nie mein Ziel gewesen, dass man dich für psychisch krank hält. Ich wollte mit dir eine Zukunft aufbauen. Ja, der falsche Weg, ich weiß das heute, damals war ich überzeugt und dachte, das Richtige zu tun."

Für mich war alles gesagt und ich wollte aufstehen. Doch dann fällt mir noch etwas ein.

„Die Badewanne, wie hast du das gemacht?"

Doch dieses Mal zuckt er mit den Schultern.

„Ich habe nur den Stöpsel rausgezogen, bis jetzt kann ich dir nicht sagen, warum ich es getan habe und erst recht nicht, wieso die Polizisten die Feuchtigkeit nicht bemerkt haben."

Was gibt es dann noch zu besprechen? Auch meine Ärztin nickt mir zu, sie hält das Gespräch ebenfalls für beendet, doch die Geschichte wird nie vorbei sein,. Jedes einzelne Opfer wurde für immer in mein Gehirn gebrannt. Vermutlich werde ich auch nie wieder einem Mann vertrauen können und das nur, weil ich geliebt wurde.

Ende

Mehr von der Autorin:

Ich hoffe Ihnen hat das Buch gefallen. Sollten Sie mehr von mir erfahren wollen, gibt es folgende Kontaktmöglichkeiten

E-Mail: Alexandra.Krebs@diekrimiautorin

Facebook:https://www.facebook.com/alexandra.krebs.39

Instagram:
https://www.instagram.com/alex_autorin/

Homepage: www.diekrimiautorin.de

Ich freue mich über jedes Feedback

Vorschau auf die neuen Bücher